인간도리 · 인간됨을 묻다

人間

인간도리 · 인간됨을 묻다

道理

한정주 지음

아날로그

인간됨이란 무엇이며
우리는 어떻게 살아야 하는가?

　　고전 연구와 집필 작업 때문에 수십 년 동안 많든 적든 매일 한자를 접하고 살았습니다. 그러다 보니 어느 순간부터 일상생활에서 겪게 되는 여러 가지 감정은 물론 온갖 사회 문제들을 한자의 구성과 뜻을 통해 사고하는 버릇과 습관이 생겼습니다.

　　예를 들자면, 누군가 기분을 상하게 해 화풀이를 하고 싶을 때 '해칠 상(傷)' 자에 담긴 뜻을 문득 떠올리거나, 다른 사람의 잘못과 실수 때문에 곤란을 겪어 크게 책망하고 싶을 때 '나무랄 책(責)' 자에 담긴 뜻을 곰곰이 생각하는 식입니다. 또는 다른 사람에게 도움을 받거나 줄 때 '은혜 은(恩)' 자에 담긴 뜻을 돌아보기도 하고, 사회적 약자에 대한 혐오 뉴스를 접할 때면 '용서할 서(恕)' 자와 '너그러울 관(寬)' 자에 담긴 뜻을 성찰하기도 합니다.

그러던 중 주변 사람들과 이야기를 나눌 때 혹은 강의에서 사람들을 만날 때 앞선 사례들을 하나씩 하나씩 꺼내 제 고민과 질문, 성찰을 털어놓고는 했는데 그때마다 의외로 많은 분들이 공감을 해주었습니다. 그러다 마침 작년 초에 글담출판사에서 '한자로 읽는 인간학'이라는 주제로 원고를 집필해줄 수 있느냐고 물어왔습니다. 평소 한자의 구성과 뜻을 통해 사고하는 제 습관과 버릇이 낳은 앞선 사례들과 딱 들어맞는 주제였기에 집필을 결정하는 데 그리 많은 시간이 필요하지 않았습니다.

다만, 집필 방향을 고민할 때는 시간이 조금 더 오래 걸렸습니다. 그동안은 대체로 한자와 한문을 기반으로 (동양 고전의 단점이라면 단점이라 할 수 있는) 독자들을 가르치고 훈계하는 방식이었다면, 이 책에는 저 스스로 한자에 담긴 뜻을 통해 '인간됨이란 무엇인가?'에 대해 고민하고, '인간의 도리란 무엇일까?'에 대해 질문하고, '나는 얼마나 인간답게 살고 있는가?'에 대해 성찰해본 결과를 담아내야 했기 때문입니다. 이것은 마치 드러내기 부끄럽고 민망한 무엇인가를 잘 알지 못하는 다른 사람에게 보여줄 때 느끼는 심정과 비슷했습니다.

　이 책에는 모두 60개 한자가 크게 네 가지 주제로 나뉘어 소개되어 있습니다. 1부에는 부끄러울 치(恥), 고칠 개(改), 가득찰 만(滿) 등의 13개 한자를 통해 수치심과 잘못을 모르고 안하무인격으로 행동하는 사람들에 관한 이야기를 담았습니다. 2부에는 해칠 상(傷), 어질 인(仁), 용서할 서(恕), 나무랄 책(責) 등 14개 한자를 들여다보며 다른 사람에 대한 배려나 인정 없이 오직 자기만 생각하는 이기적인 사람들에 대한 이야기를 적어보았습니다.

　그리고 3부는 자기 자신을 성찰해볼 수 있는 주제의 이야기들로, 생각할 사(思), 밝을 명(明), 완전할 완(完), 견줄 교(較) 등 19개 한자를 통해 고민과 질문과 성찰을 새겨보았습니다. 마지막 4부는 개인 중심의 세상에서 다른 사람과 더불어 산다는 것의 의미에 대해 생각해보았습니다. 너그러울 관(寬), 두려워할 척(惕), 들을 청(聽), 시기할 시(猜) 등 14개의 한자가 우리를 이끌어줄 것입니다.

　이제 책이 출간되어 세상 밖으로 나가는 마당에 필자의 고민과 질문과 성찰이 독자들과 얼마나 교감하고, 또한 독자들에게 얼마나 공감을 줄 수 있을지 두려운 마음도 없지 않습니다. 아직 삶의 답은커녕 방향조차 찾지 못해 고민하고 질문하고 성찰하는 한 고전 연구가의 에세이 정도로 읽어주시면 감사하겠습니다.

2018년 8월 초,
무더위가 기승을 부리는 한여름 새벽
북한산 아래 서재에서
고전연구가 **한정주**

차례

| 3부 | 고단한 삶 앞에 흔들리는 나 자신에 대하여

│4부│ 타인과 더불어 살아간다는 것에 대하여

恥驕改謟賢滿錢弘利謙惑訥禮

기만즉일 인만즉상(器滿則溢 人滿則喪)

———

《명심보감》에 나오는 말로, "그릇은 가득 차면 넘치고, 사람
은 가득 차면 잃는다"는 뜻입니다. 즉 가득 차면 사람은 스스
로 교만하거나 오만해지기 쉽고, 교만하거나 오만해지면 세
상 사람들로부터 시기와 질투 혹은 불만과 원망을 사기 쉽고,
그러면 반드시 재앙을 입게 되므로 결국 모든 것을 잃게 된다
는 뜻을 담고 있습니다. 그러므로 재물과 지위를 잃지 않고,
재앙을 모면하고, 일신을 보존하기 위해서는 재물이 쌓이면
쌓일수록, 지위가 높아지면 높아질수록 더 겸허하고 더 겸손
해져야 할 것입니다.

1부

恥 驕

改 諂

수치심을 모르는
교만한 사람들에 대하여

부끄러운 마음이 없는 자를
어찌 사람이라 부를 수 있겠는가?

恥 : 耳 + 心

부끄러울 치　　귀 이　　마음 심

사람은 마음속으로 생각할 때 부끄러우면 대개 얼굴이 붉어지는데, 얼굴 중에서도 특히 귀가 붉어지는 경우가 많습니다. '귀 이(耳)'와 '마음 심(心)'으로 이루어져 있는 '부끄러울 치(恥)' 자는 이렇듯 부끄러움을 느낄 때 사람의 심리 상태가 얼굴에 나타나는 현상을 취해 만들어진 한자입니다. 그래서일까요?《명심보감(明心寶鑑)》에서는 "심불부인(心不負人)이면 면무참색(面無慙色)이니라"고 했습니다. "마음속에 다른 사람에게 부끄러운 일이 없다면 얼굴에도 부끄러운 기색이 드러나지 않는다"라는 뜻입니다.

사람이 자신의 잘못과 허물을 고칠 때 가장 먼저 일어나는 마음은 무엇일까요? 바로 '부끄러움'입니다. 부끄러움이란 대개 잘못을 하거나 허물이 있을 때 갖게 되는 감정 혹은 마음 상태입니다. 맹자가 말한 사단(四端) 가운데 '수오지심(羞惡之心)'이 바로 자신의 잘못과 허물을 부끄러워하거나 미워하는 마음입니다.

명나라 말기 때 활동한 학자 원료범은 "사람이 잘못을 고치려면 가장 먼저 부끄러워하는 마음이 있어야 한다"라고 말했습니다. 그러면서 부끄러움이 있으면 사람이고, 부끄러움이 없다면 새나 짐승에 불과하다고 했습니다. 부끄러움을 알고 자신의 잘못과 허물을 고친다면 누구라도 성현(聖賢)이 될 수 있지만, 온갖 탐욕(貪慾)과 불의(不義)를 저지르고도 부끄러운 줄 모른다면 새나 짐승과 무엇이 다르냐는 것입니다.

그러므로 사람이 자신의 잘못을 고치는 시작점은 다른 무엇보다 '수오지심', 곧 잘못을 부끄러워하고 미워하는 마음이라 하겠습니다. 또한 원료범은 재차 강조하기를 이러한 까닭에 맹자는 "부끄러워하는 마음이 사람에게 가장 중요한 것이다"라고 지적했다고 역설했습니다. 실제로 맹자는 《맹자(孟子)》〈진심 상(盡心上)〉편에서 이렇게 말했습니다.

"사람은 반드시 부끄러워하는 마음이 있어야 한다. 사람이 부끄러워하는 마음이 없는 것을 부끄러워한다면 부끄러워할 일이 없을 것이다. 부끄러워하는 마음은 사람에게 가장 중요하다. 이러한 까닭에 임시변통의 기교를 부려 거짓이나 꾸미는 사람은 부끄러워하는 마음이 아무런 소용이 없다. 만약 사람이 마땅히 지니고 있어야 할 부끄러운 마음이 없다는 것을 부끄러워하지 않는다면 어찌 사람의 모습을 하고 있다고 말할 수 있겠는가!"

부끄러워하는 마음이 없는 것을 부끄러워하지 않는 사람을 가리켜 '후안무치(厚顏無恥)하다'고 말합니다. 낯짝이 두꺼워 뻔뻔하게도 부끄러워할 줄 모른다는 뜻입니다. '부끄러울 치(恥)'의 한자 모양에서도 알 수 있는 것처럼 사람은 부끄러우면 얼굴빛이 가장 먼저 변합니다. 부끄러운 짓을 저지르면서도 얼굴빛 하나 변하지 않는 까닭은 부끄러워하는 마음이 없기 때문입니다.

부끄러운 짓을 하면서도 부끄러워하는 마음이 없는 것을 가리켜 '뻔뻔하다'고 말합니다. 세상의 모든 악(惡)은 이렇듯 자신의 잘못과 허물을 부끄러워하지 않는 뻔뻔한 마음에서부터 시작된다고 해도 과언이 아닙니다.

자신의 잘못과 허물을 고치는 방법으로는 부끄러움을 아는 것보다 더 나은 길이 없습니다. 그러기 위해서는 맹자의 말처럼 무엇보다 부끄러워하는 마음이 없는 것을 부끄러워할 줄 알아야 합니다. 부끄러워하는 마음이 없는 것을 부끄러워하는 것이야말로 진실로 '부끄러움'을 아는 것이기 때문입니다. 또한 진실로 부끄러움을 아는 사람만이 자신의 잘못과 허물을 고치려 하기 때문입니다.

높을면 높을수록
곤두박질치기도 쉽다

驕 : 馬 + 喬

교만할 교   말 마   높을 교

'말 마(馬)'와 '높을 교(喬)'를 합쳐 만든 한자가 교만하다는 뜻의 '교(驕)' 자입니다. 말을 타고 높은 데에서 세상과 사람들을 내려다본다고 해서 '교만하다'는 뜻이 되었습니다. 사람이라면 누구나 피하고 싶은 횡액의 첫 번째는 '횡사(橫死)'입니다. '횡사'란 뜻밖의 재앙에 걸려 죽음을 맞는 경우를 말합니다. 그런데 역사를 살펴보면, '횡사'를 당했던 대부분의 사람들은 다른 이유가 아닌 '교만함' 때문에 그토록 비참한 최후를 맞았다는 사실을 어렵지 않게 알 수 있습니다.

정조 시대 서자 출신이라는 신분의 한계를 딛고 규장각 교리를 지내면서 문예부흥을 일으킨 인물 중에 성대중이라는 사람이 있습니다. 그는 《청성잡기(靑城雜記)》에서 춘추시대 최초로 패자(覇者)가 된 제나라 환공과 진시황의 진나라를 멸망시키고 천하 패업(覇業)을 이룬 서초패왕 항우가 쇠퇴와 패망을 면치 못했던 까닭을 '교만함'에서 찾았습니다.

환공은 책사 관중의 보필을 받아 패자의 지위에 올랐지만 말년에는 '교만함'에 빠져 간신을 가까이하고 여색을 밝혀 희첩(姬妾)을 많이 두었습니다. 관중이 병이 나자 환공은 그를 대신해 재상이 될 사람을 추천해달라고 했습니다.

하지만 관중이 추천하기를 정중하게 사양하자 환공은 '역아'라는 사람은 어떠하냐고 물었습니다. 역아는 환공이 총애하는 신하로 음식을 담당하는 벼슬아치였는데, 아첨에 능숙한 데다가 환공에게 잘 보이려고 심지어 자신의 아들까지 삶아 바친 간신이었습니다. 이에 관중은 이렇게 답변했습니다. "자식을 죽여서라도 임금의 비위를 맞추려는 것은 인간의 정서에 어긋난 행동입니다. 역아는 재상이 될 수 없습니다."

그러자 환공은 다시 '개방'이라는 사람은 어떠하냐고 물었습니다. 개방 역시 환공이 총애하는 신하였는데, 그는 환공을 섬긴다는 이유로 무려 15년 동안이나 자신의 부모를 찾아뵙지 않은 불효자

중의 불효자였습니다. 관중은 이번에도 이렇게 답했습니다. "부모를 거스르고 임금의 비위를 맞추려는 행위는 인간의 정서에 어긋난 행동입니다. 개방은 재상이 될 자격이 없습니다."

마지막으로 환공은 환관 '수도'는 어떠하냐고 물었습니다. 이에 관중은 거세하면서까지 임금의 뜻에 맞추려고 하는 것 역시 인간의 정서에 어긋난 행동이라면서 재상이 될 자격이 없다고 반대했습니다. 관중이 볼 때, 역아와 개방과 수도는 모두 인간의 상식적인 정서까지 거스르면서 권력과 출세를 좇은 사람들입니다. 이들은 권력과 출세를 위해서라면 수단과 방법을 가리지 않을 위험한 사람이므로 관중은 재상 등용을 극력 반대했습니다. 그러나 환공은 관중이 죽자 그의 말을 간과한 채 세 사람을 모두 중용했습니다. 결국 세 사람은 제멋대로 권력을 휘둘렀습니다.

특히 이들은 환공이 희첩에게서 얻은 다섯 아들의 후계쟁탈전에 깊게 관여하여 제나라를 혼란과 분열 속으로 몰아넣었습니다. 관중이 우려했던 대로 환공이 사망하자, 역아와 개방과 수도와 각각 파당을 만든 다섯 공자들이 서로 죽고 죽이는 살육전을 벌였습니다. 그러느라 환공의 시신을 무려 67일 동안이나 방치한 탓에 시체에서 벌레가 생겨 문밖까지 기어 나올 정도였습니다. 결국 역아가 환관 수도와 함께 궁궐로 들어가 대부분의 신하를 죽이고 공자 무궤를 임금으로 세웠습니다. 환공 사후 제나라의 혼란과 쇠락은 이렇듯 환공이 말년에 교만함에 빠져 관중의 충언을 무시하고 간신을 중용했기 때문입니다.

항우는 유방의 이간책에 속아 자신의 패업을 보좌한 책사 범증을 멀리했습니다. 결국 견디다 못한 범증이 항우에게 모든 일을 스스로 알아서 처리하라고 하면서 떠났는데, 그 상황에서도 항우는 범증을 붙잡지 않았습니다. 이미 항우의 마음속에는 범증이 없어도 상관없다는 교만함과 오만함이 자리 잡고 있었기 때문입니다. 범증은 고향 팽성으로 돌아가다가 종기가 나 죽고 맙니다.

범증이 떠난 후 항우 주변에는 그의 교만하고 오만한 마음을 바로잡아줄 사람이 단 한 사람도 남지 않았습니다. 이후 항우는 유방과의 싸움에서 패망의 길을 걷게 됩니다. 훗날 유방은 자신이 천하를 얻고 항우가 천하를 잃은 까닭을 이렇게 밝혔습니다. "나는 장량, 소하, 한신과 같은 빼어난 인재를 받아들여 천하를 얻을 수 있었지만, 항우는 범증 한 사람조차 받아들이지 못했다. 이것이 항우가 나에게 사로잡힌 까닭이다."

환공과 항우처럼 큰 성공을 이룬 사람들이 몰락의 길을 걷게 되는 까닭은 대개 두 가지로 살펴볼 수 있습니다. 그중 하나는 자신이 똑똑하고 잘나서 성공을 이루었다는 '자만심'입니다. 다른 하나는 자신보다 더 똑똑하고 잘난 사람은 없기 때문에 다른 사람은 모두 자신의 말을 들어야 하고, 자신은 더 이상 다른 사람의 말을 들을 필요가 없다는 '오만함'입니다.

　'자만심'과 '오만함'은 모두 '교만한 마음'이라는 동일한 뿌리에서 비롯된 것입니다. 다시 말해 큰 성공을 이룬 사람들이 역설적이게도 큰 성공을 이룬 바로 그 순간 쇠퇴와 패망과 몰락의 조짐과 징후를 보이기 시작하는 까닭은 다른 무엇보다 교만하기 때문이라는 말입니다. 그런 까닭에 교만함은 성공을 이루기 전에도 경계해야 하지만, 성공을 이룬 이후에는 더욱 경계하고 또 경계해야 한다는 사실을 명심해야 할 것입니다.

그중 가장 큰 잘못은
잘못이 무엇인지조차 모른다는 것이다

改 : 己 + 攵

고칠 개　　**몸 기**　　**때릴 복**

'고칠 개(改)' 자는 '몸 기(己)'와 '때릴 복(攵)'으로 구성되어 있습니다. 이때 '복(攵)' 자에는 '때리다' 외에도 '채찍질하다'라는 뜻이 함께 들어 있습니다. 그런 의미에서 '고칠 개(改)' 자에는 스스로 자신의 몸에 채찍질을 하여 잘못을 고치고 단점을 바로잡는다는 의미가 새겨져 있습니다.

고친다는 말은 대개 잘못과 단점을 고친다는 뜻입니다. 만약 '고칠 개(改)' 자에 담긴 의미처럼 자신의 몸에 채찍질하는 고통을 감수하며 스스로 잘못과 단점 고치기를 꺼리거나 두려워하지 않는다면, 아무리 나쁜 사람이라 해도 그는 앞으로 분명 좋은 사람이 될 것입니다. 그 대표적인 인물을 공자의 제자 중에서 찾을 수 있습니다. 그 사람은 바로 자로(子路)입니다.

자로는 공자의 제자 중에서도 매우 특별한 과거(?)를 가지고 있습니다. 요즘 식으로 표현하자면, 자로는 이른바 '깍두기' 출신입니다. 가난하고 미천한 집안 출신이었으나 성격이 강직하고 용맹스러웠습니다. 그는 공자의 제자가 되기 전에는 공자를 업신여겼다고 합니다. 하지만 훗날 공자는 자로가 제자가 되고 난 뒤부터 자신을 비난하는 소리를 듣지 못했다고 했습니다. 자로와 같은 '깍두기'도 가르치고 배우는 데 힘쓰면 훌륭한 선비가 될 수 있다는 것을 보여주는 좋은 예입니다. 공자는 자로가 그렇게 완전히 다른 사람으로 변할 수 있었던 까닭에 대해 이렇게 말했습니다.

"자신의 잘못을 듣는 것을 싫어하지 않고, 다른 사람들이 잘못을 말해주면 기뻐한다. 이것은 자신의 잘못을 들으면 반드시 고치려고 노력하기 때문이다. 자로는 백성의 스승으로 삼을 만하다."

자로에 대한 공자의 평가에서 나온 고사성어가 다름 아닌 '희문과(喜聞過)'와 '지과필개(知過必改)'입니다. '희문과'는 잘못을 들으면 기뻐했다는 뜻입니다. 그리고 '지과필개'는 잘못을 알면 반드시 고쳤다는 뜻입니다. '희문과'와 '지과필개'는 공자 사후 유학자들 사이에서 수신(修身)의 덕목으로 자주 언급되었습니다.

먼저 맹자는 자로의 위대한 점에 대해 "다른 사람에게 자신의 잘못을 들으면 기뻐한 것"이라고 말했습니다. 남송의 신유학인 성리학의 태두 주희도 "자신의 잘못을 들으면 그 잘못을 고칠 생각에 기뻐한 것이니, 자로는 자신을 갈고닦는 데 이와 같이 용맹하였다"라고 극찬했습니다. 또한 주희 이전 성리학의 기반을 닦은 주염계는 "자로는 자신의 잘못을 듣는 것을 좋아해서 그 명예가 영원토록 빛나게 되었다. 요즘 사람들은 잘못이 있어도 다른 사람이 바로잡아주는 것을 기분 나빠 한다. 마치 병을 감추고 의사를 꺼려서 자신의 몸을 망가뜨리면서도 깨닫지 못하는 것과 무엇이 다른가!"라고 했습니다.

자신의 잘못을 고치려면 무엇이 잘못인지를 아는 것이 무엇보다 중요합니다. 그런데 스스로 자신의 잘못이 무엇인지 안다는 것은 생각만큼 쉽지 않습니다. 다른 사람이 자신의 잘못을 알려주면 기뻐해야 하는 까닭이 바로 여기에 있습니다. 자신도 잘 알지 못하는 잘못을 알려주니 얼마나 기쁜 일입니까? 하지만 대다수의 사람들은 다른 사람이 자신의 잘못을 지적하면 기뻐하기보다는 기분 나빠 합니다. 자존심이 상하기 때문입니다.

잘못을 알고도 자존심 때문에 고치지 않는다면 절대로 더 나은 사람이 될 수 없습니다. 그래서 옛사람들은 자신의 잘못을 들으면 기뻐하는 것에서 멈추지 않고 그 잘못을 알면 반드시 고치는 것이 더 중요하다고 여겼습니다. 자신의 잘못을 알고 고치기 위해서는 쓸데없는 자존심을 버려야 합니다. 이때 필요한 덕목이 앞서 주회가 언급한 '자로의 용맹스러움'입니다. 조금의 망설임이나 주저함도 없이 용맹스럽게 결단하는 것, 그것이 자신의 잘못을 고칠 수 있는 가장 효과적인 방법입니다.

스스로 자신의 몸에 채찍질을 하면서까지 잘못을 고치는 것은 결단력과 과단성과 같은 용기가 있어야 가능합니다. 그런 의미에서 '고칠 개' 자에 담긴 참된 의미는 '잘못을 고치는 용기'에서 찾아야 한다고 하겠습니다.

듣기 좋은 말 속에는
언제나 함정이 있다

諂 : 言 + 臽

아첨할 첨   말씀 언   함정 함

'말씀 언(言)'과 '함정 함(臽)'이 합쳐져 만들어진 한자가 바로 아첨하다는 뜻의 '첨(諂)' 자입니다. 교묘하고 그럴싸하게 잘 꾸민 말 속에는 함정이 있다고 해서 '아첨하다'라는 뜻이 되었습니다. 아첨을 하는 사람은 대개 두 가지를 꾸미게 마련입니다. 하나는 '말을 교묘하게 꾸미는 것'이고, 다른 하나는 '얼굴빛을 보기 좋게 꾸미는 것'입니다. 연암 박지원은 아첨에도 상중하의 세 가지 등급이 있다고 하면서, 말과 얼굴빛을 잘 꾸며서 아첨하는 것은 아첨 중에서도 가장 등급이 낮다고 조롱했습니다.

"아첨을 하는 데도 방법이 있다. 몸을 가지런히 잘 정돈하고, 얼굴 표정을 점잖게 하고, 명예와 이익에 아무 관심도 없으며, 아첨하는 상대방과 사귀려는 마음이 없는 듯하면서 자연스럽게 아첨하는 것이 최상의 아첨이다. 올바른 말을 간곡하게 하는 것으로 자신의 속마음을 드러내 보여 상대방의 환심을 산 다음 그 틈을 잘 이용하여 자신의 뜻을 관철시키는 것이 중등의 아첨이다.

아침저녁으로 발바닥이 다 닳도록 문안을 여쭙고 돗자리가 다 떨어지도록 뭉개고 앉아서 상대방의 입술을 처다보고 얼굴빛을 살핀 다음 그 사람이 하는 말마다 다 좋다고 하고 그 사람이 하는 일마다 다 칭찬하는 것은 최하의 아첨이다. 그러한 아첨은 듣는 사람이 처음에는 좋다고 하겠지만 시간이 지나면 오히려 싫증을 내기 때문이다. 싫증을 내면 아첨하는 사람을 비루하다고 여기게 되고 종국에는 자신을 갖고 노는 게 아닌가 의심하게 된다.”

박지원의 풍자 작품 중 하나인 〈마장전(馬駔傳)〉에 나오는 이 말 속에는 아첨이 아첨인지 아닌지 분별하는 일은 결코 쉬운 일이 아니라는 의미가 담겨 있습니다. 제3자의 눈에는 명백한 아첨이지만 아첨을 듣는 당사자는 대개 아첨이 아니라 칭찬이라고 듣기 때문입니다. 아첨을 칭찬으로 들어서 일신을 망치고 나라를 혼란에 빠뜨리고 결국에는 멸망의 구렁텅이로 몰아넣은 대표적인 경우가 진시황의 아들인 진나라 이세(二世) 황제 호해입니다. 중국사 최초로 통일제국을 이룬 진나라의 위대한 업적은 불과 15년 만에 끝이

나고 맙니다. 이 모든 일의 발단은 환관 조고의 아첨과 거기에 감쪽같이 속아 넘어간 호해 황제의 어리석음에서 비롯되었다고 해도 과언이 아닙니다.

환관 조고는 진시황이 살아 있을 때 막내아들 호해에게 서법과 형법 및 법령을 가르치면서 몰래 섬겼습니다. 조고는 진시황이 천하 순행 도중 객사하자 유언장을 조작해 호해를 황제로 만들었습니다. 호해에게 남달리 사랑을 받고 있었던 조고는 호해가 황제가 되면 자기 마음대로 권력을 농단할 수 있다고 생각했습니다.

호해가 황제가 된 후 조고는 온갖 감언이설(甘言利說)로 호해 황제의 귀를 막고 눈을 멀게 했습니다. 조고는 황제를 위한다는 명목으로 자신과 사사로이 원한을 맺은 사람들을 살육하고 백성들을 핍박했습니다. 더욱이 신하들이 황제와 만나게 되면 자신의 죄악과 죄상이 드러날까 두려워, 천하에서 가장 존귀한 존재인 황제는 신하들의 소리만 들을 뿐 얼굴을 보여주지 않는다고 속이고 호해를 궁궐 깊숙한 곳에 머물도록 했습니다. 그리고 충성스러운 신하들이 간언을 하기 위해 황제를 만나려고 하면 반드시 연회를 베풀 때 뵙기를 청하도록 조작해 황제의 분노를 사게끔 만들었습니다.

이러한 까닭에 진나라는 내부에서부터 곪아 이미 멸망의 조짐이 하나 둘 나타나기 시작했습니다. 하지만 황제는 조고의 아첨과 아부만 믿고 자신이 나라를 잘 다스려서 천하가 태평하다고 여겼습니다. 더욱이 호해 황제는 신하들이 글을 올려 조고의 죄상과 죄악을 고발해도 도무지 믿으려 하지 않았습니다. "조고는 사람됨이 청렴하고 부지런하다. 행실을 깨끗이 하고 선행을 닦아 지금의 지위에 이르렀다. 아래로는 백성의 마음을 알고 위로는 짐의 뜻에 맞다. 더 이상 조고를 의심하지 말라."

결국 조고는 황제를 대신해 나라의 모든 일을 제 마음대로 처리했고, 조정의 모든 명령은 조고에게서 나오는 지경에 이르게 되었습니다. 아첨과 아부로 호해 황제를 속이는 데 성공한 조고의 권세가 얼마나 막강했는지를 잘 보여주는 일화가 '지록위마(指鹿爲馬)'입니다.

어느 날 조고는 호해에게 사슴을 바치면서 말이라고 했습니다. 그러자 황제가 좌우에 있는 신하들에게 "저것이 말이오, 사슴이오?"라고 물었습니다. 그러자 모든 사람이 한결같이 "말입니다"라고 대답했습니다. 호해가 아무리 사슴이라고 해도 말이라고 우기는 조고의 말을 뒤집을 수 없었습니다. 호해 주변에는 이미 조고의 위세에 눌려 온통 아첨과 아부를 일삼는 무리밖에 남아 있지 않았기 때문입니다.

아첨과 아부를 즐거워하는 사람에게 충언과 직언을 하는 사람이 남아 있겠습니까? 시간이 지날수록 충언과 직언을 하는 사람은 떠나고 아첨과 아부하는 사람만 남게 됩니다. 이처럼 아첨과 아부에 속아 넘어가다 보면 결국에는 흑을 백이라 하고 백을 흑이라 해도 바로잡을 수 없는 지경에 이르고 맙니다. '지록위마'의 고사성어에 담긴 가르침이 바로 이것입니다.

그렇다면 호해와 조고의 말로는 어땠을까요? 조고는 항상 혹시나 호해가 변심하여 자신을 죽이지 않을까 두려워했습니다. 그래서 아예 호해를 죽이고 스스로 황제가 되려고 했습니다. 마침내 호해를 위협해 스스로 목숨을 끊게 만든 조고는 내친김에 황제의 자리에 오르려고 했습니다. 하지만 신하들 중 조고를 따르는 자가 없었습니다. 또한 조고가 궁전에 오르자 세 번이나 궁전이 무너지려고 했습니다. 이에 황제가 될 수 없다는 사실을 깨달은 조고는 진시황의 손자인 자영에게 황제의 자리를 넘겨줍니다. 조고의 죄악을 누구보다 잘 알고 있던 자영은 결국 계책을 세워 조고를 유인한 다음 죽이고 삼족(三族)을 몰살했습니다.

교묘하게 말을 잘하고 얼굴빛을 보기 좋게 꾸며서 다른 사람의 환심을 사려는 사람치고 착하거나 어진 사람이 드뭅니다. 이러한 사람들은 대개 자신의 이익을 위해서라면 수단과 방법을 가리지 않고 무슨 일이든 할 수 있는 사람이기 때문입니다.

　그런 점에서 사람이 평생에 걸쳐 가장 경계해야 할 사람은 자신을 달콤한 말과 잘 꾸민 얼굴빛으로 대하는 '아부꾼'과 '아첨꾼'이라고 해도 과언이 아닙니다. 환관 조고의 경우에서 알 수 있듯이, 아부꾼과 아첨꾼은 이익을 얻기 전에는 간과 쓸개도 내줄 것처럼 굴지만 막상 목표를 이룬 다음에는 그동안 아부하고 아첨했던 사람조차 가차 없이 버리거나 제거할 수 있는 사람이기 때문입니다.

베풀지 않는 자의 부유함은
결코 오래갈 수 없다

賢 : 臤 + 貝

어질 현   어질 현   조개 패

'어질다'는 뜻을 갖고 있는 '현(賢)' 자는 '어질 현(臤)'과 '조개 패 (貝)'로 구성되어 있습니다. 화폐 경제가 발달하기 이전 고대 중국 에서는 화폐 대용으로 조개를 사용했습니다. 이 때문에 조개는 재 화(財貨) 혹은 재물(財物)을 상징하게 되었습니다. 또한 '어질 현(賢)' 자의 음(音)을 나타내는 '현(臤)' 자는 어질다는 뜻 외에 '구휼하다' 라는 뜻도 가지고 있습니다. 그런 의미에서 '어질 현(賢)' 자는 많 은 재화와 재물을 가지고 있으면서 다른 사람에게 나누어 주어 구 휼한다고 해서 '어질다'는 뜻이 되었다고 합니다.

사마천이 지은 《사기열전(史記列傳)》에는 중국 고대의 거부(巨富)

들에 관한 이야기로 구성되어 있는 〈화식열전(貨殖列傳)〉 편이 자리하고 있습니다. 이 〈화식열전〉을 읽어보면, 앞서 설명한 '어질 현(賢)' 자의 의미에 딱 어울릴 만한 인물이 한 명 등장합니다. 그 사람은 '상업의 귀재(鬼才)'라고 불리는 도주공(陶朱公)입니다. 도주공의 본래 이름은 범려(范蠡)였습니다. 《사기》 중 〈월왕구천세가(越王句踐世家)〉 편을 살펴보면, 오나라 왕 부차에게 쫓겨 회계산에서 큰 고통과 치욕을 겪은 월나라 왕 구천이 오직 부국강병을 이루어 복수하겠다는 일념을 품고 범려와 그의 스승 계연을 중용한 이야기가 나옵니다.

당시 범려와 계연은 구천에게 세상의 물품과 금전을 마치 흐르는 물처럼 원활하게 유통시켜야 부국강병의 뜻을 이룰 수 있다고 진언했습니다. 범려와 계연의 계책과 방법에 따라 10여 년 동안 나라를 경영한 결과, 월나라는 농업과 상업과 목축업이 크게 부흥해 경제는 부유해지고 군대는 강성해졌습니다. 마침내 월나라 왕 구천은 오나라 왕 부차에게 당한 지난날의 치욕을 되갚고, 더 나아가 제후들의 우두머리인 패자(覇者)의 지위에까지 오를 수 있었습니다. 이렇듯 구천의 성공은 모두 범려와 그의 스승 계연의 계책 덕분이었습니다.

그런데 범려는 구천이 자신과 스승 계연이 세운 계책과 방법 중

다섯 가지를 사용해 뜻을 이루었으니, 이제 자신을 위해 그 계책과 방법을 써보기로 결심합니다. 그는 부귀와 권력에 아무런 미련을 두지 않고 홀쩍 월나라를 떠났습니다. 그러고는 성과 이름까지 바꾸고 작은 배에 몸을 싣고 자유롭게 천하 강호를 돌아다녔습니다.

제나라로 가서는 치이자피라고 이름을 바꾸었고, 도(陶) 땅으로 들어가서는 주공(朱公)이라 했습니다. 범려가 도 땅으로 들어간 까닭은, 그곳이 천하의 중심으로 사방 여러 나라와 쉽게 교통하고 물자를 교역할 수 있는 상업의 요충지라고 판단했기 때문입니다. 도 땅에 머물면서 도주공으로 재차 변신한 범려는 시세의 흐름에 맞는 상품 거래와 물자 유통으로 엄청난 이익을 거두어 상상할 수 없을 만큼 막대한 재산을 축적했습니다. 사마천은 〈화식열전〉에서 도주공의 성공 비결을 이렇게 분석했습니다. "사람의 노력에 기대지 않고 단지 거래 상대를 골라서 자연의 시세에 맡긴 데 있다."

도주공은 시장의 흐름(유행)과 사람의 소비 심리를 잘 읽는 재능과 지혜를 갖추고 있었기 때문에 애써 물건을 팔려고 노력하지 않아도 저절로 물건이 팔리게 하는 상술(商術)로 거부가 되었습니다. 이 때문에 오늘날까지 도주공은 '상업의 귀재이자 상술의 상징'으로 불리고 있습니다.

그런데 흥미롭게도 도주공은 19년 동안 무려 세 차례에 걸쳐 천금을 벌었는데, 그중 두 차례는 천금을 가난한 친구들과 먼 형제들에게 아낌없이 나누어 주었다고 합니다. 이렇게까지 한 까닭은, 평소 그가 "사람은 부유해지면 마땅히 그 덕(德)을 즐겨 실천해야 한다"는 옛 성인의 가르침을 뼛속 깊이 새기고 있었기 때문입니다. 특히 도주공은 부유하면서도 황금보다 사람이 더 귀한 줄 알고 세상 사람들에게 그 덕을 베풀면 편안함과 즐거움이 있다고 했습니다. 반면 부유하면서도 황금 귀한 줄만 알고 세상 사람들에게 인색하거나 교만하면 반드시 해로움과 재앙을 입게 된다고 생각했습니다.

세상 사람들에게 덕을 베풀고 나누는 부자는 인심을 얻기 때문에 매사가 편안하고 즐겁습니다. 황금보다는 세상 사람들에게 베풀고 나누는 덕을 더 소중하게 여기기 때문에 부유함을 오래도록 유지할 수 있습니다. 그러나 황금 귀한 줄만 알 뿐 베풀고 나눌 줄 모르는 사람은 오히려 사람들로부터 큰 불만과 비난과 원망을 사기 때문에 부유함을 절대로 오래 유지할 수가 없습니다.

이러한 철학을 갖고 있던 도주공은 막대한 재물을 모았지만 다른 사람에게 아낌없이 나누고 베풀 줄 알았습니다. 그런 까닭에 그는 '부자(富者)'라는 명성뿐만 아니라 '현자(賢者)'라는 명예까지 얻었습니다. 세상에 부자라는 명성을 얻은 사람은 많습니다. 그러나 현자라는 명예를 얻은 사람은 별로 없습니다. 더구나 부자라는 명성에다가 현자라는 명예까지 얻은 사람은 거의 없다고 해도 과언이 아닙니다.

도주공은 많은 재화와 재물을 가지고 있으면서 다른 사람에게 나누어 주어 구휼한다는 '어질 현(賢)' 자의 뜻에 따랐습니다. 그래서 중국 고대 인물 중 거의 유일하게 부자이면서 현자라는 명성과 명예를 동시에 얻을 수 있었던 것입니다. 그런 점에서 많은 부(富)와 높은 권력을 가진 사람일수록 자신이 가진 것을 다른 사람에게 나누고 베푼다는 '어질 현(賢)' 자에 담긴 의미를 마음 깊이 새기고 힘써 실천해야 합니다.

그릇은 가득 차면 넘치고,
사람은 가득 차면 반드시 잃는다

滿 : 水 + 㒼

가득 찰 만   물 수   평평할 만

'가득 찰 만(滿)' 자는 '물 수(水)' 변에 '평평할 만(㒼)'으로 구성되어 있는 한자입니다. 물이 평평하게 채워져 있을 만큼 물건이 많다고 해서 '가득 차다'라는 뜻을 지니게 되었다고 합니다. 특히 '만(㒼)'은 평평하다는 의미 이외에 틈이 없을 정도로 가득한 모양을 나타내기도 하는데, 이 때문에 물이 틈이 없을 정도로 구석구석 가득하다고 해서 '가득 찰 만(滿)'이 되었다고 해석하기도 합니다.

어쨌든 고대 제자백가 사상가들은 인간의 욕망과 욕심을 다룰 때 '가득 찰 만(滿)' 자를 긍정적이기보다는 매우 부정적으로 다루었습니다. 가장 대표적인 경우가 유가 사상의 백과사전이자 사서

오경(四書五經) 중의 하나인 《예기(禮記)》입니다. 《예기》에서는 시작 부분에서부터 이렇게 말하고 있습니다.

"오불가장(傲不可長)이며 욕불가종(欲不可從)이며 지불가만(志不可滿)이며 낙불가극(樂不可極)이라."

풀이하면 "오만한 마음을 길러서는 안 되고, 욕심을 따라서는 안 되고, 뜻을 가득 채워서는 안 되고, 즐거움을 극도에 이르도록 해서는 안 된다"는 뜻입니다.

고대 중국의 최고 가훈서(家訓書)인 《안씨가훈(顏氏家訓)》을 저술한 안지추는 뜻을 가득 채우는 것은 하늘과 땅은 물론 귀신도 증오한다고 말했습니다. 하늘과 땅과 귀신이 증오하는데 사람이 어떻게 잘될 수 있겠습니까? 그러면서 안지추는 주나라의 목왕(穆王), 진나라의 진시황(秦始皇), 한나라의 무제(武帝)처럼 천하라는 재물을 소유하고 황제라는 고귀한 지위에 오른 사람도 만족을 모르고 끝 모를 욕망과 욕심을 좇다가 결국 재앙을 자초하고 말았는데, 하물며 보통 사람인 경우에야 말해 무엇하겠느냐고 반문했습니다.

그렇다면 뜻을 가득 채우는 욕망과 욕심 때문에 재앙을 자초하는 어리석음에서 벗어나려면 어떻게 해야 할까요? 안지추는 두 가지를 지키라고 제안합니다. 그 하나가 '지족(知足)'이라면, 다른 하나는 '지족(止足)'입니다. 전자가 만족할 줄 안다는 뜻이라면, 후자는 만족할 줄 알아서 그쳐야 할 곳에서 그친다는 뜻입니다. 만족할 줄 알고, 그쳐야 할 곳에서 그친다면 자신의 뜻을 가득 채우려고 하지 않기 때문에 욕망과 욕심의 노예가 되지 않을 수 있습니다. 욕망과 욕심의 노예가 되지 않는다면 세상 어떤 것도 자신을 해칠 수 없습니다.

《명심보감》에도 '가득 찰 만(滿)' 자를 경계하라는 잠언이 명시되어 있습니다. "기만즉일(器滿則溢)하고 인만즉상(人滿則喪)이니라"는 경구가 바로 그것입니다. 풀이하면 "그릇은 가득 차면 넘치고, 사람은 가득 차면 잃게 된다"는 뜻입니다.

"사람은 가득 차면 잃게 된다"는 말은, 가득 차게 되면 사람은 스스로 교만하거나 오만해지기 쉽고, 교만하거나 오만해지면 세상 사람들로부터 시기와 질투 혹은 불만과 원망을 사기 쉽고, 시기와 질투나 불만과 원망을 사게 되면 반드시 재앙을 입게 되므로 잃게 된다는 뜻을 담고 있습니다. 그러므로 재물을 많이 쌓으면 쌓을수록 또한 지위가 높아지면 높아질수록 오히려 겸허하고 겸손해야 재물과 지위를 잃지 않고, 재앙을 모면하고, 일신을 보존할 수 있다는 얘기입니다.

"그릇은 가득 차면 넘친다"는 말은 《논어(論語)》와 더불어 공자의 언행을 기록한 대표적인 서책인 《공자가어(孔子家語)》에 실려 있는 '유좌지기(宥坐之器 : 항상 곁에 두고 보는 그릇)'의 이야기를 통해 그 뜻을 헤아려볼 수 있습니다.

　어느 날 공자는 노나라 임금 환공(桓公)을 모시는 사당에 들어갔습니다. 당시 공자는 사당에 있던 의례용 제기(祭器) 가운데 '기울어진 그릇'을 보고 궁금증이 일어나 그곳을 지키는 사람에게 무슨 그릇이냐고 물었습니다. 사당을 지키는 사람은 '유좌지기'라고 대답했습니다. 공자는 '유좌'라는 그릇은 그 속을 비워두면 기울어지는 반면 반쯤 채우면 반듯하게 된다고 하면서, 제자들에게 덧붙여 말하기를 만약 가득 채우면 넘어질 것이라고 했습니다. 그리고 뒤에 있는 한 제자를 돌아보면서 "유좌에 물을 부어 보아라"고 했습니다. 이에 그 제자가 물을 부었습니다. 그런데 과연 공자의 말대로 물을 반쯤 채우자 반듯하게 섰던 그릇이 물을 가득 채우자 넘어졌습니다. 이 모습을 지켜보던 공자는 안타깝게 탄식하면서 세상 어떤 물건도 가득 채우면 엎어지게 되어 있다고 말했습니다.

　이때 자로가 앞으로 나서며 공자에게 질문했습니다. "그렇다면 가득 차고서도 넘어지거나 엎어지지 않을 도리는 없습니까?"
　이 질문에 공자는 왜 그러한 도리가 없겠느냐면서, 총명하고 지혜로운 사람이라 해도 어리석은 사람처럼 행동해야 하고, 온 천하를 덮을 만큼 공적이 큰 사람이라고 해도 겸손한 사람처럼 조심해야 하고, 온 세상을 벌벌 떨게 할 만큼 거대한 용기와 힘을 가진 사람이라고 해도 두려워하는 사람처럼 경계해야 하고, 세상 모든 것을 가질 만한 재물을 소유하고 있다고 해도 공손한 사람처럼 처신해야 한다는 가르침을 주었습니다.

공자의 가르침은 자신의 총명함과 지혜로움, 공적과 용력(勇力), 재물과 지위만 믿고 오만하거나 교만하거나 방자한 언행을 아무렇지도 않게 제멋대로 저지르는 사람은 마치 가득 차면 엎어지거나 넘어지는 '유좌지기'의 신세를 모면하기 어려우므로 항상 조심하고 경계하면서 살라는 주문이었습니다.

돈을 잘 다루면 의로움이 깊어지고
함부로 하면 사람이 멀어진다

錢 : 金 + 戔
돈 전　　쇠 금　　쌓을 전

'돈 전(錢)' 자는 '쇠 금(金)'과 '쌓을 전(戔)'을 합쳐서 만든 한자로, 금을 쌓으면 돈이 된다는 뜻이 담겨 있습니다. 그런데 '전(錢)'은 원래 금속으로 만든 농기구인 쟁기나 괭이를 가리키는 한자였다고 합니다. 화폐가 출현하기 이전 조개를 화폐 대용으로 사용했다는 말씀은 앞서 드린 적이 있습니다. 주(周)나라 시대에 이르러서야 금속으로 만든 화폐를 사용했는데, 당시 이 화폐를 '천(泉)' 또는 '포(布)'라고 불렀다고 합니다. 그런데 이들 가운데 쟁기 모양과 닮은 화폐가 있었습니다. 이에 이 화폐를 '전(錢)'이라고 불렀습니다. 이 말이 기원이 되어서 진(秦)나라 시대에 와서는 엽전 모양의 돈을 만들어 사용하면서 '전(錢)'이라고 했습니다. 이때부터 '전

(錢)'이라는 말이 돈을 가리키는 일반 명사가 되었다고 합니다.

어쨌든 돈은 누구나 소유하고 싶어 하는 물건입니다. 다다익선 (多多益善), 즉 많으면 많을수록 좋은 것 가운데 1순위를 꼽으라면 아마도 많은 사람들이 돈을 언급하지 않을까요? 그런데 알다시피 돈은 잘 다루면 삶의 약(藥)이 되지만, 잘 다루지 못하면 삶의 독 (毒)이 됩니다. 잘 다루면 사람은 돈의 주인이 되지만, 잘 다루지 못 하면 사람은 돈의 노예가 됩니다. 돈을 잘 다루는 방법에 관해서 는 제나라 환공을 춘추시대 최초의 패자로 만든 명재상 관중의 저 서 《관자(管子)》와 고대 중국의 부자에 관한 이야기를 담고 있는 사 마천의 〈화식열전〉에 나오는 다음과 같은 말이 주목할 만합니다.

"창고에 물자가 가득 차야 사람들은 예절을 알고, 입을거리와 먹을거리가 풍족해야 명예와 치욕을 알게 된다. 예절이란 재물이 있으면 생겨나지만 재물이 없으면 사라지는 법이다. 그러므로 군 자는 부유하면 자신의 덕(德)을 즐겁게 실천하고, 소인은 부유하면 자신의 능력에 알맞은 일을 한다."

여기에서는 사람이 돈을 잘 다루는 방법을 이렇게 정리하고 있 습니다. 돈이 쌓였을 때 나눔과 베풂을 즐겨 실천하는 사람은 군 자의 수준에 이른 사람이라고 할 수 있습니다. 돈을 잘 다루는 일로 치자면 이보다 더 돈을 잘 다루는 일이 있겠습니까? 또한 비록 소인의 수준에 머무는 사람이라고 해도 돈이 쌓여 있다고 해서 사치하거나 분수에 넘치는 일을 하지 않고 자신의 재주와 능력에 알맞은 일을 찾아 부지런히 힘쓴다면 돈을 잘 다루었다고 할 수 있습니다.

그럼 돈을 잘 다루지 못하면 어떻게 될까요? 돈을 잘 다루지 못한 경우는 18세기 여성 실학자로 알려져 있는 빙허각 이씨가 지은 《규합총서(閨閤叢書)》에 나오는 '돈 전(錢)'의 파자(破字)가 눈여겨볼 만합니다. '돈 전(錢)' 자를 파자하면 '양과쟁일금(兩戈爭一金)'이 됩니다. '양과쟁일금'은 풀이하면 '두 개(兩)의 창(戈)이 일금(一金)을 두고 다툰다(爭)'는 뜻입니다. 다시 말해 돈은 모든 다툼의 씨앗이자 분쟁의 뿌리라는 말입니다. 그래서 《명심보감》에서는 "의단친소(義斷親疎)는 지위전(只爲錢)이니라"라고 했습니다. "의로움이 끊어지고 가까운 사람이 멀어지는 것은 오직 돈 때문이다"라는 뜻입니다.

또한 《채근담(菜根譚)》에서는 "돈 꾸러미가 쌓여 가면 다툼의 싹이 쌓여 가고 도둑 역시 엿보니 돈 때문에 생긴 기쁨, 근심이 아니고 무엇이겠는가?"라고 경고합니다. 돈이 쌓이는 것은 기쁜 일이지만 그와 더불어 근심 또한 쌓여 간다는 사실을 잊지 말고 경계하라는 뜻입니다. 그렇다면 돈이 쌓여 가면서 싹이 트는 다툼과

자라나는 근심으로부터 어떻게 하면 벗어날 수 있을까요? 그것은 '나눔의 정신과 실천'입니다. 먼저 앞서 살펴봤던 지족(知足)과 지족(止足)의 정신, 즉 만족할 줄 알아서 돈에 대한 욕망과 욕심을 멈추어야 할 곳에서 멈출 수 있어야 합니다. 그런 다음 자신의 생활이나 일(사업)에 부족하지 않을 만큼의 돈에 만족하고 그 나머지 돈은 다른 사람들과 나누어야 합니다.

나눔은 해보면 알 수 있지만 쌍방적이지 절대로 일방적이지 않습니다. 나눔으로 도움을 받은 사람은 다시 나눔을 베푼 사람에게 도움을 주기 때문입니다. 나눔 ― 도움 ― 다시 나눔 ― 다시 도움이라는 순환 구조로 인해 나누면 돈이 쌓일 때의 이득 못지않은 이득을 누리게 됩니다. 그런 의미에서 나눔은 손해가 아니라 오히려 이득이라 말할 수 있습니다.

관대하지 않더라도
옹졸한 사람은 되지 않기를

弘 : 弓 + 厶

넓을 홍　　**활 궁**　　**사사 사**

　　넓다는 뜻의 '홍(弘)' 자는 '활 궁(弓)'과 '사사 사(厶)'로 이루어진 한자입니다. 여기에서 '사(厶)'는 팔꿈치를 굽히고 있는 모양을 나타냅니다. 즉 사람이 팔을 굽혀 활시위를 힘껏 당기는 모습에서 '넓다' 혹은 '크다'는 뜻이 되었습니다.

　　공자의 제자 중 유가의 도통을 계승한 사람은 증자입니다. 증자는 일찍이 선비의 품성에 빗대 사람이 추구해야 할 참된 도리를 '홍(弘)' 자에 담아 말했습니다. 《논어》 〈태백(泰伯)〉 편에는 증자의 말이 이렇게 기록되어 있습니다.

　　"선비는 가히 도량이 넓고(弘) 마음이 군세지(毅) 않으면 안 된다. 그 맡은 소임(所任)이 중대하고 나아갈 길은 원대하기 때문이다. 어진 것으로써 자신의 소임을 삼으니, 이 또한 중대하지 아니한가. 죽은 다음에야 그치니, 이 또한 원대하지 아니한가."

증자는 여기에서 사람은 첫째 도량이 '넓어야(弘)' 하고, 둘째 마음이 '굳세어야(毅)' 한다고 했습니다. 도량이 넓다는 말은 관대하다 또는 너그럽다와 그 뜻이 일맥상통합니다.

도량이 '넓다'는 말은 《사기》〈이사열전(李斯列傳)〉에 나오는 '간축객령(諫逐客令)' 속 이사의 말에 빗대어 생각해볼 수 있습니다. 여기에서 이사는 "태산은 한 줌의 흙도 받아들여서 세상에서 가장 높이 솟을 수 있었고, 황하와 바다는 작은 물줄기도 받아들여서 세상에서 가장 넓고 깊어질 수 있었다"고 했습니다. 도량이 '넓다'는 말의 참뜻은 세상 그 어떤 것도 거부하지 않고, 세상 그 어떤 것도 받아들이는 데 있다는 얘기입니다. 그럼 어떻게 해야 도량이 넓은 사람이 될 수 있을까요? 《서경(書經)》〈홍범(洪範)〉 편에 나오는 '탕탕평평(蕩蕩平平)'의 구절을 참조해볼 만합니다.

"어느 한쪽 의견에 치우치지 않고 어느 한쪽 편에 기울지 않는다면, 넓고 넓으며 평탄하고 평탄할 것이다."

크고 넓은 도량으로 세상 사람을 대한다는 것은 곧 '탕탕평평' 하여 모든 사람을 포용하고 용납할 수 있어야 한다는 뜻입니다. 이때 모든 사람을 포용하고 용납한다는 뜻을 자기중심과 자기 의견이 없는 무색무취(無色無臭)한 경우로 해석해서는 안 됩니다.

자기중심과 자기 의견을 잃지 않되 자신에게 동의하는 사람이든 반대하는 사람이든 포용하고 용납할 때 도량이 넓다고 말할 수 있습니다. 자기중심과 자기 의견이 없으면 누군가를 용납하고 포용하는 것이 아니라 단지 줏대 없이 이리 쏠렸다가 저리 쏠렸다가 하는 것일 뿐입니다. 이렇게 보면 '넓을 홍(弘)' 자에 담긴 넓고 큰 도량은 중정(中正)과 중용(中庸)과 중도(中道)와 그 이치가 같다고 하겠습니다.

도량이 넓다는 뜻의 관대하다 혹은 너그럽다의 반대말은 '옹졸하다'입니다. 옹졸하다는 뜻의 한자는 '졸(拙)'입니다. '옹졸할 졸(拙)' 자는 '손 수(手)'와 '나올 출(出)'로 이루어져 있습니다. 손이 생각한 데서 벗어났다, 즉 손재주가 서툴다고 해서 '서툴다, 둔하다'는 의미로 쓰이다가 '옹졸하다'는 뜻이 되었습니다. 여하튼 옹졸하다는 말은 곧 성품이 옹색하고 생각이 좁아 어떤 것도 받아들이지 못하는 경우를 의미합니다.

사람이라면 누구나 '관대하다'는 말을 듣고 싶어 하지 '옹졸하다'는 말을 듣고 싶어 하지 않습니다. 하지만 실제로는 관대한 사람보다는 옹졸한 사람으로 행동하는 경우가 훨씬 더 많습니다. 관대한 사람이 되기는 어려운 반면, 옹졸한 사람이 되기는 쉽기 때문입니다. 그런 의미에서 증자가 '넓을 홍(弘)' 자에 담은 뜻을 도량이 넓은 사람보다는 옹졸한 사람이 되지 말라는 주문으로 읽는다면 훨씬 더 실천 가능한 주문으로 다가올 것입니다.

'의로운 이익'과 '사사로운 이익'

利 : 禾 + 刀

이로울 리　　벼 화　　칼 도

　'이로울 리(利)'의 옛 글자는 '禾(화)'와 '勿(물)'이 결합한 '리(物)'였습니다. 여기에서 '물(勿)'은 쟁기와 흙을 나타내는 모양인데 논을 갈아엎는 형상을 하고 있습니다. 그렇다면 '리(物)' 자의 모양이 어떻게 '리(利)' 자의 모양으로 변했을까요? 그 이유는 이렇습니다.

　'곡식(禾)'을 수확하기 위해 논밭을 가는 '쟁기(勿)'는 날이 날카로워야 합니다. 즉 쟁기 날은 날카로워야 한다는 뜻에서 '물(勿)'을 칼을 뜻하는 '도(刂=刀)'로 바꾸어 쓰게 되었습니다. 그런데 고대 중국에서 도(刀)는 포(布)처럼 화폐로 사용되었습니다. 다시 말해 도(刀)가 재물과 관련이 있기 때문에 '리(利)' 자는 '이롭다'는 뜻을 지니게 되었다고 하겠습니다.

한편 다른 관점에서 살펴보면, 벼〔禾〕는 칼〔刀〕로 베어 수확해야 비로소 그 이로움을 취할 수 있습니다. 이렇게 보면 벼를 칼로 베어 거두는 일은 이익이 된다는 뜻에서 이롭다는 뜻의 '리〔利〕' 자가 되었다고도 할 수 있습니다.

대개 유학은 '인의〔仁義〕'를 숭상할 뿐 '이익〔利益〕'을 좇지 않는다고 해서, 유학을 국가 이념으로 삼은 조선에서는 상업과 상인을 가장 천하게 대우했다고 알려져 있습니다. 그래서 '이윤 추구'를 주된 목적으로 하는 자본주의 체제에서 유학은 시대에 한참 뒤떨어진 낡은 것으로 취급받아왔습니다.

그러나 공자는 '인의'를 '이익'보다 우위에 두었지만, 이익을 추구하는 것 자체를 부정하지는 않았습니다. 그렇다면 공자가 생각한 이익은 무엇이었을까요? 그것은 바로 '의로운 이익'입니다. 즉 인의를 바탕으로 이익을 추구한다면, 그 이익은 의롭다고 할 수 있다는 말입니다.

그래서 공자는 군자는 의로움과 이로움을 마주할 때 이로움보다는 의로움이 앞서는 '의로운 이익'을 추구한다고 했습니다. 반면 소인은 의로움과 이로움을 마주할 때 의로움보다는 이로움이 앞서는 '의롭지 못한 이익'도 마다하지 않습니다. 그렇다면 도대체 '의로운 이익'이란 무엇이고, '의롭지 못한 이익'이란 무엇일까요?

'의로운 이익'이란 쉽게 말해 모든 사람이 더불어 나누고 잘 사는 이익 추구라면, '의롭지 못한 이익'은 자신의 배만 불리고 자신의 욕심만 채우는 이익 추구입니다. 따라서 사람들 사이에 무한경쟁과 약육강식 및 적자생존을 조장하고 소득과 분배의 불평등을 심화하는 이윤 추구는 '의롭지 못한 이익'으로 해석할 수 있습니다. 그래서 유학적 시각에서 현대 사회를 바라보는 이른바 '유교 자본주의'에서는 이러한 자본주의 사회의 폐단을 바로잡을 수 있는 방법으로 '의로운 이익'을 추구하는 길을 주장하기도 합니다.

그렇다면 유학자 중 공자가 말한 '의로운 이익'을 추구했던 사람이 과연 있었을까요? 흥미롭게도 16세기 조선의 역사를 뒤져보면 그와 같은 인물을 한 명 만날 수 있습니다. 그는 《토정비결(土亭祕訣)》의 저자로 널리 알려져 있는 토정 이지함입니다. 이지함은 조선 최초의 양반 상인이었는데, 그의 생애와 철학을 살펴보면 공자가 주창한 '의로운 이익'이 무엇인가를 아주 구체적으로 확인해볼 수 있습니다.

"땅과 바다는 백 가지 재용을 간직하고 있는 창고입니다. 이것은 형이하(形以下)적인 것이지만 여기에 도움을 받지 않고서 능히 국가를 다스린 사람은 없습니다. 진실로 이것을 능숙하게 개발한다면 그 이로움과 혜택이 백성들에게 베풀어질 것입니다. 그러하니 어찌 그 끝이 있다고 하겠습니까? 만약 곡식을 생산하고 나무를 심는 일이 진실로 백성이 살아가는 근본이라면, 은(銀)은 가히 주조해야 하고, 옥(玉)은 가히 채굴해야 하고, 고기는 가히 잡아야 하고, 소금은 가히 구워야 합니다. 사사로이 경영하고 이익을 좋아하며 가득 찬 것을 탐하고 베푸는 것에 인색함은 비록 소인(小人)들이 기뻐하는 바이고 군자는 달갑게 여기지 않는 바이지만, 마땅히 취할 것을 취해 모든 백성을 구제하는 일 또한 바로 성인(聖人)이 행해야 할 권도(權道)입니다."

재물과 이득을 취하는 것은 소인(小人)들이 좋아하는 것이고, 군자(君子)는 꺼려하는 것이지만, 재물과 이득을 통해 백성을 구제할 수 있다면 이것은 성인(聖人)이 반드시 실천해야 할 일이라는 주장입니다. 실제 이지함은 양반 사대부 출신으로 몸소 ― 당시 사회적으로 가장 천시당한 계층 중 하나였던 ― 상인이 되어 큰 재물을 모은 다음, 그 재물을 가난한 백성들을 구제하는 일에 남김없이 사용했습니다.

"(이지함은) 손수 상인이 되어서 백성을 가르치고 맨손으로 생업에 힘써 몇 년 안에 수만 석에 이르는 곡식을 쌓았다. 그러나 모두 가난한 백성에게 나누어준 다음 소매를 펄럭이며 떠나가버렸다. 바다 가운데 있는 무인도에 들어가 박을 심었는데, 그 열매가 수만 개나 열렸다. 그것을 갈라 바가지를 만들어 곡식을 사들였는데, 거의 1,000석에 이르렀다. 이 곡식을 한강변의 마포로 운송했다.”

더욱이 이지함은 단순히 가난한 백성에게 재물을 나누어주는 데 머무르지 않고, 그들이 일정한 생산 능력을 갖추도록 가르친 다음에 생산한 물건을 시장에 내다 팔아 생계를 꾸려 나갈 수 있도록 이끌어주었습니다. 이때에도 그는 사람들에게 각자의 능력과 수준에 맞도록 기술을 가르쳤고, 일종의 공장제 수공업이라고 할 수 있는 선진적인 경영 방식을 도입해 백성들이 스스로의 힘으로 가난에서 벗어날 수 있도록 도와주었습니다.

“이지함은 백성이 떠돌아다니며 해진 옷을 걸친 채 음식을 구걸하는 모습을 불쌍히 여겼다. 이에 가난하고 굶주린 백성을 위해 큰 움막을 지어 거처하도록 하고 수공업을 가르쳤다. 사농공상(士農工商) 가운데 일정한 직업을 선택하도록 설득한 다음, 직접 얼굴을 맞대고 귀에다 대고 일일이 타일러 가르쳐주었다. 이렇게 각자 그 의식을 마련할 수 있도록 했는데, 그 가운데 가장 능력이 뒤떨어진 사람에게는 볏짚을 주어서 짚신을 삼도록 했다. 몸소 그 작업의 결과를 따져서 하루에 열 켤레를 만들어 내면 짚신을 시장에 내다 팔도록 했다. 하루의 작업으로 한 말의 쌀을 마련할 수 있었다. 또한 그 이익을 헤아려서 옷을 만들도록 했다. 이렇게 하자 두어 달 동안에 사람들의 의식이 모두 넉넉해졌다."

이지함이 몸소 실천하고 보여준 '의로운 이익'은 오늘날 부익부 빈익빈과 사회적 불평등의 폐해로 신음하는 우리 사회의 문제를 해소할 수 있는 '분배의 경제학'이자 '공동체 경영론'이라고 하겠습니다.

스스로를 낮추면 낮출수록
세상은 우러러본다

謙 : 言 + 兼

겸손할 겸　　말씀 언　　겸할 겸

　‘겸손할 겸(謙)’ 자는 말씀을 뜻하는 ‘언(言)’과 모자라다 혹은 부족하다는 뜻을 가진 ‘겸(兼)’으로 이루어진 한자입니다. 자신을 모자란 사람 또는 부족한(兼) 사람이라고 말(言)하는 것은 겸손하다는 의미에서 ‘겸손할 겸(謙)’이 되었습니다.

　《주역(周易)》 하면 대개 예언서 혹은 점술 책으로 왜곡하여 생각하는 경우가 많습니다. 하지만 실제 이 책은 천문(天文)과 지리(地理) 그리고 인사(人事) 등 세상 모든 것의 이치와 원리를 근본적으로 탐구하고 해석하는 사상서입니다. 그래서 《주역》을 살펴보면, 인간의 성품 중 하나인 ‘겸손함’이 인간사와 세상사의 이치와 원리와 어떻게 연관되어 있는지를 이해할 수 있습니다.《주역》의 〈겸괘(謙卦)〉가 바로 그것입니다.《주역》의 15번째 괘인 '겸괘'에서는 '겸(謙)'이라는 글자에 담긴 큰 의미를 이렇게 표현하고 있습니다. "겸형 군자유종(謙亨 君子有終)." 해석하자면 "겸손함은 형통하게 하니, 군자가 끝을 둘 곳이다"라는 뜻입니다.

형통이란 "모든 일이 뜻과 같이 잘되어가는 것"을 말합니다. 그런데 도대체 '겸손함'이 어떻게 인간사와 세상사의 모든 일을 자신의 뜻과 같이 잘되어갈 수 있도록 해줄 수 있다는 말일까요? 이에 대해서는 일찍이 공자가 가장 이상적인 인간, 즉 성인(聖人)과 현인(賢人)의 모델로 삼아 꿈속에서조차 그리워했던 주나라 문왕의 아들 주공(周公)의 고사를 통해 어렵지 않게 짐작해볼 수 있습니다.

형인 무왕과 함께 역성혁명을 일으켜 은나라 주왕(紂王)을 주살하고 새로이 주나라를 세운 주공은 그 공적을 인정받아 제후국으로 노(魯)나라를 분봉받았습니다. 그렇지만 개국 초기 형인 무왕을 도와 나라를 안정시켜야 했고, 더욱이 무왕이 죽고 난 후에는 어린 나이에 천자의 자리에 오른 조카 성왕(成王)을 대신해 천하를 다스려야 했기 때문에 노나라로 떠날 수가 없었습니다. 그래서 주공은 자신을 대신해 노나라를 다스릴 사람으로 아들 백금을 노공(魯公)으로 삼아 노나라에 보냈습니다. 이때 주공이 백금에게 전한 당부의 말이 바로 '겸손함'이었습니다.

"나는 주(周)나라 문왕의 아들이요, 무왕의 동생이며, 성왕의 숙부로서 신분과 직위와 권위로 말하자면 세상에서 둘째가라면 서러운 사람이다. 그렇지만 나는 머리를 감다가도 손님이 오시면 머리채를 양손으로 감싸고 맞이하기를 하루에도 세 번씩, 밥을 먹다가도 손님이 오시면 바로 뱉어내기를 하루에 세 번씩, 이렇게까지 하면서 열성을 다했다. 그러면서도 현인을 모시지 못할까 항상 전전긍긍했다. 네가 노나라에 가면 제후랍시고 사람을 함부로 대해서는 안 되느니라."

그러면서 주공은 여섯 가지 '겸손한 덕'을 밝히면서, 사람이 왜 겸손해야 하는지 그리고 겸손함은 어떻게 세상사 모든 일을 자신의 뜻과 같이 잘되어가도록 도와주는지에 대한 가르침을 주었습니다.

첫째, 덕행이 넓고 높아 모든 사람에게 존경을 받는데도 겸손하고 공손하면 영광됨이 있다고 했습니다.

둘째, 토지가 넓고 재물이 여유로워 모든 사람의 부러움을 받으면서도 겸손하고 검소하면 편안함이 있다고 했습니다.

셋째, 녹봉이 많고 지위가 높아 모든 사람이 복종하는데도 겸손한 사람에게는 존귀함이 있다고 했습니다.

넷째, 백성이 많고 병력이 강성해 모든 사람이 두려워하는데도 겸손하고 신중한 사람에게는 승리가 있다고 했습니다.

다섯째, 총명하고 슬기롭고 지혜로워 모든 사람이 우러러보는데도 겸손하여 어리석은 사람처럼 하는 사람에게는 유익함이 있다고 했습니다.

여섯째, 견문이 넓고 많이 기억하고 있어서 모든 사람이 똑똑하다고 치켜세우는데도 겸손하여 지식이 부족하다고 여기는 사람은 오히려 식견이 넓어진다고 했습니다.

'겸손함'에서 우러나오는 이 여섯 가지 덕이야말로 인간사와 세상사 모든 것을 자신의 뜻과 같이 이루어질 수 있도록 해준다는 것이 주공이 백금에게 준 가르침의 핵심입니다.

아울러 주공은 지위의 존귀함으로 치자면 천자(天子)였고, 재물의 부유함으로 치자면 천하를 소유했지만, 겸허함과 겸손함보다는 교만함과 오만함 때문에 만족을 모르고 끝까지 욕망과 욕심을 채우려고 하다가 스스로 패망한 자가 있다고 했습니다. 다름 아닌 하나라의 폭군 걸왕과 은나라의 폭군 주왕입니다. 《주역》의 '겸괘'에서 왜 군자의 끝마침이 겸손함에 있다고 했는지에 대해 주공은 이렇게 말하고 있습니다.

"하늘의 도리는 가득 찬 것을 덜어내어 겸손한 것에 더해준다. 땅의 도리는 가득 찬 것을 변화시켜 겸손한 것으로 흐르게 한다. 귀신은 가득 찬 것에 해로움을 주고 겸손한 것에 복을 준다. 사람의 도리는 가득 찬 것을 미워하고 겸손한 것을 좋아한다. 겸손하고 겸허하면 지위와 신분이 높은 사람은 더욱 빛나고 지위와 신분이 낮은 사람도 넘치지 않으니 군자의 끝마침이다."

결국 주공은 백금에게 겸손하고 겸허한 마음가짐으로 자신의 만족(욕심과 욕망)을 가득 채우려고 하지 않으면 "크게는 천하를 지킬 수 있고, 중간으로는 나라를 지킬 수 있으며, 작게는 자신을 지킬 수 있다"면서 나라와 백성과 자신을 다스릴 때는 첫째도 겸손함과 겸허함이요, 둘째도 겸손함과 겸허함이며, 셋째도 겸손함과 겸허함이라는 것을 강조하고 또 강조했습니다.

겸손하고 겸허한 사람은 자신의 욕망과 욕심을 끝까지 채우려고 하지 않고 다른 사람에게 양보하는 사람입니다. 그런데 겸손함과 겸허함으로 다른 사람에게 양보하기 때문에 오히려 모든 일을 자신의 뜻과 같이 이루게 됩니다.

반면 교만하고 오만한 사람은 자신의 욕망과 욕심을 끝까지 채우려고 하기 때문에 다른 사람을 해치고 다른 사람의 것을 빼앗는 사람입니다. 그런데 교만함과 오만함으로 다른 사람을 해치고 다른 사람의 것을 빼앗았기 때문에 오히려 모든 것을 잃게 됩니다. 그런 의미에서 '겸손할 겸(謙)' 자에 담긴 참된 의미는 이렇게 해석할 수 있습니다.

"겸손하고 겸허한 사람은 반드시 얻게 되지만, 오만하고 교만한 사람은 반드시 잃게 된다."

혹시나 하는 마음이
재앙을 불러온다

惑 : 或 + 心

미혹할 혹　　혹시 혹　　마음 심

　　미혹하다는 뜻의 '혹(惑)' 자는 '마음 심(心)'과 '혹시 혹(或)'으로 이루어져 있는 한자입니다. '혹시나 하는 마음'에서 '미혹하다'는 뜻이 되었습니다. '무엇인가에 홀려 정신을 차리지 못하는 상태'를 가리켜 대개 미혹되었다고 말합니다. 사람이 무엇인가에 미혹되면 사리판단을 제대로 하지 못해 잘못된 행동을 하게 됩니다. 사람이 살아가면서 가장 미혹되기 쉬운 것을 꼽아보면, 재물과 권력과 여색과 명성에 대한 욕망이라고 할 수 있습니다. 이 네 가지 욕망 중에 한 가지라도 미혹되면 반드시 일생을 망치게 됩니다.

　　먼저 권력의 욕망에 미혹되어 일생을 망친 사람으로는 '진나라의 승상 이사(李斯)'를 대표적으로 꼽을 수 있습니다. 이사는 진시황이 천하통일을 이루는 데 일등공신 역할을 했습니다. 이 때문에 그는 진시황 다음가는 권력과 권세를 누렸습니다. 그런데 이사는 진시황 사후에도 계속 권력을 누리고 싶은 욕망을 뿌리치지 못하고 환관 조고와 함께 진시황의 유언장을 조작해 호해를 황제의 자리에 오르게 했습니다. 하지만 호해가 황제가 된 후 환관 조고와의 권력 다툼에서 패배해 쫓겨난 뒤 시장 바닥에서 허리가 잘리는 최후를 맞았고, 삼족이 모두 죽임을 당해 가문 역시 처참하게 몰락했습니다.《사기》〈이사열전〉에 나오는 이야기입니다.

두 번째 재물의 욕망에 미혹되어 일생을 망친 사람으로는 '춘추시대 우나라의 임금'을 대표적으로 꼽을 수 있습니다. 진(晉)나라 헌공은 괵나라를 정벌한다고 우나라 임금에게 길을 빌려달라고 했습니다. 우나라를 통과해야 괵나라로 갈 수 있었기 때문입니다. 우나라 임금은 진나라에 길을 빌려주려고 했습니다. 진나라 헌공이 길을 빌려주면 주겠다고 한 굴산의 명마(名馬)와 수극의 보옥(寶玉)에 욕심이 났기 때문입니다.

하지만 당시 우나라의 대부 궁지기는 괵나라와 우나라의 관계는 입술과 이의 관계와 같아, 만일 괵나라가 진나라에 의해 멸망하면 그 다음 차례는 우나라가 될 것이라면서 반대했습니다. 그러나 이미 명마와 보옥에 미혹된 우나라 임금은 진나라에 길을 빌려주고 말았습니다. 그리고 결국 괵나라를 멸망시키고 돌아오는 길에 진나라는 우나라까지 멸망시켰습니다. 우나라 임금은 포로가 되었습니다. 그럼 명마와 보옥은 어떻게 되었을까요? 그것은 애초 진나라 헌공이 길을 빌리기 위한 미끼로 우나라 임금에게 준 것이었으므로 당연히 다시 진나라 헌공의 소유가 되었습니다.《사기》〈진세가(晉世家)〉에 나오는 이야기입니다.

세 번째 여색의 욕망에 미혹되어 일생을 망친 사람으로는 '주나라 유왕'을 대표적으로 꼽을 수 있습니다. 주나라 유왕은 포사라는 여자를 총애했습니다. 그런데 포사는 웃는 것을 좋아하지 않았습니다. 유왕은 포사를 웃게 하려고 온갖 수단과 방법을 다 썼지만, 끝내 그녀는 웃지 않았습니다.

그러던 어느 날 유왕이 적이 쳐들어왔을 때 올리는 봉화를 올리게 하자 제후들이 모두 군대를 이끌고 왔습니다. 당시 제후들은 적군이 보이지 않자 크게 실망하며 말머리를 돌려 돌아갔습니다. 그런데 그 모습을 지켜본 포사가 크게 웃는 것이 아니겠습니까! 유왕은 너무나 기쁜 나머지 이후 여러 차례에 걸쳐 봉화를 거짓으로 올렸습니다.

그렇게 몇 차례 속은 제후들은 어느 순간부터 봉화를 올려도 믿지 않고 더 이상 오지 않게 되었습니다. 이와 같은 일이 있기 전 유왕은 포사를 왕후로 삼고 그녀의 아들을 태자로 삼기 위해 원래 왕후와 태자를 쫓아낸 일이 있었습니다. 폐위된 왕후의 아버지이자 태자의 외할아버지인 신후는 증나라와 서이(西夷) 그리고 견융족과 힘을 합해 유왕을 공격했습니다. 적이 쳐들어오자 유왕은 제후들에게 봉화를 올렸습니다. 이 봉화는 거짓 봉화가 아닌 진짜 봉화였습니다. 하지만 이미 여러 차례 속은 경험이 있는 제후들은 거짓 봉화라고 여겨서 유왕을 도우러 오지 않았습니다.

결국 유왕은 살해당하고, 포사는 사로잡히고, 주나라는 약탈당하게 됩니다. 이후 주나라 왕실은 쇠퇴하여 유명무실해졌고, 이 틈을 타고 제후들은 제멋대로 침략과 정복 전쟁을 벌이게 됩니다. 《사기》〈주본기(周本紀)〉에 나오는 이야기입니다.

네 번째 명성의 욕망에 미혹되어 일생을 망친 사람으로는 '한나라의 협객 곽해'를 대표적으로 꼽을 수 있습니다. 곽해는 의협심으로 크게 명성을 떨친 사람이었습니다. 그는 자신의 몸을 던져 친구의 원수를 갚아주고, 정치적인 이유로 망명하거나 죄를 지어 도망치는 사람들을 여러 번 도와주거나 숨겨주었습니다. 그는 자신에게 불평불만을 품고 있는 사람에게도 덕으로 갚고, 다른 사람에게 큰 은혜를 베풀면서도 보답을 바라지 않았습니다. 그가 가는 곳이면 어느 곳이라도 그곳의 어진 선비와 호걸들이 그의 명성만 듣고 찾아와 사귀려고 할 정도였습니다.

하지만 결국 곽해는 명성에 미혹되어서 관리들을 가볍게 대하고, 법을 어기는 일을 쉽게 여겼으며 심지어 직접 사람을 죽이는 일도 마다하지 않았습니다. 이 때문에 곽해는 관청의 관리들과 원한 맺는 일이 잦아졌습니다. 곽해는 백성에게는 협객이었지만, 관리들에게는 범죄자였던 셈입니다.

그러던 어느 날 한 선비가 곽해의 죄를 밝혀내는 관리와 마주앉아 있었는데, 곽해의 식객(食客) 중 한 사람이 곽해를 두둔하자 이렇게 꾸짖었습니다. "곽해는 국법을 어기는 못된 짓만 하는 사람이오. 그런데 어떻게 그가 훌륭한 사람이란 말이오?" 선비의 말에 분노한 곽해의 식객은 그를 죽이고 혀를 잘라버렸습니다. 이 사건으로 곽해는 식객의 소재를 추궁당했습니다. 하지만 그 식객은 곽해도 잘 알지 못하는 사람이었습니다. 또한 식객 역시 이미 자취를 감춘 뒤여서 관리는 하는 수 없이 황제에게 곽해는 죄가 없다고 보고했습니다.

이때 황제의 측근 신하 중 어사대부 공손홍이 곽해는 백성들 사이에서 협객이라는 명성을 누리며 함부로 권력을 휘두르고 사람을 제멋대로 죽이는 자이기 때문에 법을 어지럽히는 대역무도한 죄인으로 다스려야 한다고 말했습니다. 결국 황제는 명을 내려 곽해의 목숨을 취했을 뿐 아니라 그 일족을 몰살했습니다. 《사기》 〈유협열전(遊俠列傳)〉에 나오는 이야기입니다.

사람이 권력과 명성 또는 재물과 여색에 미혹되면 부끄러움이 없어집니다. 부끄러움이 없어지면 자신의 잘못을 모르게 됩니다. 그래서 다가올 재앙도 모른 채 자신의 목적과 이익을 위해서라면 어떤 짓도 서슴없이 저지르는 지경이 되고 맙니다.

권력, 재물, 여색, 명성에 대한 욕망이 없을 수는 없습니다. 이 네 가지는 좋든 싫든 혹은 긍정하든 부정하든 죽을 때까지 사람을 따라다니는 숙명 같은 존재이기 때문입니다. 하지만 거기에 미혹되면 자신의 삶을 망치는 것에서 그치지 않고 주변 사람들을 해치고 마침내는 집안과 나라까지 몰락의 구렁텅이로 몰아넣게 된다는 사실을 잊지 말아야 할 것입니다.

말만 앞세우고
행동이 그에 미치지 못함을 경계하라

訥 : 言 + 內
말 더듬-
거릴 눌　　말씀 언　　안 내

'말 더듬거릴 눌(訥)'은 '말씀 언(言)' 자와 '안 내(內)' 자로 구성되어 있는 한자입니다. 말이란 입 밖으로 나와야 말이 되는데 입 안에서 맴돌 뿐 밖으로 나오지 않아서 '말을 더듬거리다'는 뜻이 되었습니다. 말을 더듬어 잘하지 못하는 사람을 가리켜 대개 어눌(語訥)하다고 합니다. 어눌하다는 것은 다른 사람에게 좋은 인상을 주지 못하는 단점입니다.

그런데 말을 잘하는 사람보다 오히려 어눌한 사람을 훨씬 더 높게 평가한 사람이 있습니다. 그는 바로 공자입니다. 공자는 교언(巧言), 즉 말을 교묘하게 잘하는 사람을 미워했습니다. 반면 어눌

(語訥), 즉 말을 잘하지 못하는 사람을 가리켜서는 "어진 사람에 가깝다"고 크게 칭찬했습니다. 먼저 공자는 자신의 고향 노나라의 역사가이자 정치가인 좌구명의 사례를 언급하면서 이렇게 말했습니다.

"말을 교묘하게 잘하고, 좋은 얼굴빛으로 아첨을 잘하는 것을 좌구명은 부끄럽게 여겼다. 나 역시 그것을 부끄럽게 생각한다."

공자의 이 말에서 '다른 사람의 환심을 사려고 말을 번지르르하게 하고 얼굴 표정을 그럴싸하게 지어 아첨하고 아부하는 태도'를 가리키는 '교언영색(巧言令色)'이라는 고사성어가 생겨났습니다. 그런데 《논어》〈자로(子路)〉편에 보면, 공자가 부끄러운 일이라고 말했던 '교언영색'과 반대되는 말이 나옵니다. '강의목눌(剛毅木訥)'이 바로 그것인데, 강직하고 굳세며 질박하고 말을 잘하지 못한다는 뜻입니다.

공자는 '교언영색'한 사람 중에는 어진 사람이 드물지만, '강의목눌'한 사람은 어진 사람에 가깝다고 했습니다. 이러한 까닭에 공자는 영특하고 말재주가 뛰어난 제자보다는 꾸밈이 없어 질박하고 말수가 적어 오히려 어눌하거나 심지어 어리석어 보이는 제자들을 더 아끼고 좋아했습니다. 특히 공자는 자신의 가르침에 대해 하루 종일 한마디 말도 하지 않은 제자 안회의 어리석음을 이렇게 칭찬했습니다. "내가 안회와 함께 하루 종일 이야기를 했다. 그런데 안회는 내 말에 한마디도 이의를 달지 않아 마치 어리석은 사람과 같았다. 하지만 안회가 물러가고 난 뒤에 그의 행동을 살펴보니 내가 한 말을 실천하고 있었다. 안회는 결코 어리석은 사람이 아니다."

단지 행동이 말을 따르지 못할 것을 두려워하고 부끄럽게 여겨서 말을 신중하고 조심스럽게 한 것이지 어리석어 자신의 말을 알아듣지 못한 것이 아니라는 사실을 안회의 행동을 보고 깨닫게 되었다는 얘기입니다.

또한 어떤 사람이 공자에게 제자 중궁에 대해 어질기는 하지만 어눌해서 말재주가 없다고 흉을 보았습니다. 그러자 공자는 도리어 중궁의 '어눌함'을 높여 칭찬했습니다. "말을 교묘하게 잘하는 말재주가 무슨 소용이 있단 말인가. 다른 사람을 상대할 때 말재주로만 받아넘긴다면 도리어 다른 사람에게 미움과 원망만 사게 될 뿐이다. 중궁이 어진 사람인지는 잘 모르겠지만 다른 사람을 대할 때 어찌 말재주만으로 하겠는가."

중궁은 공자의 제자 중 가장 미천한 신분 출신입니다. 그러나 공자는 사람들로부터 말재주가 없다는 혹평을 받은 중궁을 가리켜 "마땅히 임금의 자리에 앉아 백성을 다스릴 만하다"고까지 극찬했습니다. 공자가 나라와 백성을 다스릴 수 있는 임금의 재목감이라고 언급한 제자는 중궁이 유일무이하다고 해도 과언이 아닙니다. 그만큼 공자는 말재주보다는 덕행에 힘쓴 중궁의 '어눌함'을 높게 평가했던 것입니다.

공자는 평소에는 말이 없지만 일단 입을 떼면 반드시 사리에 맞는 말을 한 제자 민자건의 언행에 대해서도 찬사를 아끼지 않았습니다. "노나라 사람들이 창고를 다시 지으려고 했다. 그러자 민자건은 '옛 창고를 손질해 고쳐 쓰면 되지 어째서 반드시 다시 지으려고 하는가'라고 하였다. 이 말을 듣고 공자는 '민자건은 평소 말이 없는 사람이다. 하지만 말을 하면 반드시 이치에 맞는 말을 한다'라고 하였다."

안회, 중궁, 민자건과 같이 평소 말수가 적고 어눌하다고 칭찬받았던 제자는 모두 공자가 덕행(德行)이 뛰어났다고 평가했던 사람들입니다. 덕행이 뛰어난 이는 대개 말은 적게 하는 반면, 행동은 누구보다 앞서 하는 사람입니다. 그러한 까닭에 어눌하고 어리석은 사람처럼 보이기 쉽습니다. 하지만 바로 그 '어눌함'과 '어리석음' 속에 사람으로서 마땅히 갖추어야 할 사람됨의 도리가 있습니다.

그런 의미에서 보자면, '말을 교묘하게 잘 꾸미는 말재주'는 장점이라기보다는 단점입니다. 당장에는 사람들에게 환심을 살 수도 있겠지만, 시간이 지날수록 사람들로부터 '믿음'을 잃게 될 것이기 때문입니다. 반면 '말을 잘하지 못하는 어눌함'은 단점이라기보다는 장점입니다. 당장에는 사람들에게 답답하다는 소리를 듣겠지만, 시간이 지날수록 사람들로부터 '믿음'을 얻게 될 것이기 때문입니다.

본성과 욕망을 거스를 때
인간은 더 인간다워진다

禮 : 示 + 豊

예절 예   보일 시   풍년 풍

앞서 공자와 맹자를 비롯한 유가 사상가들은 '인의예지(仁義禮智)'를 사람이 마땅히 갖추어야 할 네 가지 품성으로 보았다고 말씀드렸습니다. 특히 맹자는 인간의 본성이 선하다는 '성선설(性善說)'의 근거로 사덕(四德), 즉 '인의예지'를 언급했습니다. 그런데 순자는 맹자의 '성선설'에 반론을 제기했습니다. 인간의 본성은 악하다는 '성악설(性惡說)'을 주장한 것입니다. 특히 그는 인간의 사악한 본성을 바로잡기 위한 교육과 교화의 방법으로 '인의예지'를 강조했습니다.

쉽게 말하면 맹자는 인의예지를 사람이 본래부터 갖추고 있는 선한 품성으로 본 반면, 순자는 인위적으로 교육하고 교화해야 비로소 갖출 수 있는 것으로 본 것입니다. 순자는 인의예지 가운데 '예(禮)'의 교육과 교화가 인간의 사악한 본성을 바로잡는 데 핵심이 된다고 주장했습니다. 순자가 예절과 예의의 교육과 교화를 강조한 까닭을 '예(禮)'라는 한자의 구성과 뜻을 통해 살펴보면 조금 더 쉽게 이해할 수 있습니다.

'예절 예(禮)' 자는 '보일 시(示)'와 '풍년 풍(豊)'으로 이루어져 있는 한자입니다. 그런데 흥미롭게도 '풍(豊)'은 '예(禮)'의 고자(古字)로, '그릇(豆)' 위에 음식을 가득 담아 신에게 바치는 모양을 하고 있습니다. 즉 풍성한 음식을 차려놓고 신에게 올리는 행위를 "예절을 다하였다"고 하여 '풍(豊)'이라는 한자가 예절을 뜻하게 된 것입니다. 그런 의미에서 '풍(豊)' 자가 '보일 시(示)'와 합쳐져 '예절 예(禮)'라는 한자를 구성하게 된 것은 풍성한 음식을 차려서 신에게 올리는 제사를 만천하에 보여주는 의식을 예절을 다하였다는 뜻으로 보았기 때문입니다.

자연의 힘에 크게 지배받았던 옛사람들은 신에 대한 공경심과 경외심이 아주 높았습니다. 그래서 신에게 올리는 제사의식에 모든 정성과 노력을 다 쏟아야 한다고 여겼습니다. 그렇지 않으면 천벌을 받거나 재앙을 입는다고 생각했기 때문입니다. 이렇듯 '예

(禮)'라는 한자에는 정성을 다하는 마음으로 누군가를 모시고 받든 다는 뜻이 내포되어 있습니다.

순자는 '예(禮)'라는 한자에 내포되어 있는 뜻으로 인간을 교육하고 교화하면 그 악한 본성을 바로잡을 수 있다고 주장했습니다. 순자는 인간의 본성이 사악한 까닭을 이렇게 말하고 있습니다. "인간의 본성에는 태어나면서부터 이익을 좋아하는 마음이 있다. 이 때문에 서로 다투고 빼앗는 마음이 생겨나고 사양하는 마음이 없게 된다. 또한 인간의 본성에는 태어나면서부터 시기하고 미워하는 마음이 있어 잔악하고 해치는 마음이 생겨나고 충성과 믿음이 없게 된다."

예를 들어 사람은 굶주리면 너나없이 배부르게 먹고 싶어 하고, 추우면 따뜻하게 하고 싶어 하고, 피곤하면 쉬고 싶어 합니다. 이때 순자가 주장하는 '성악설'에 따르면, 사람들은 그 사악한 본성에 따라 너나없이 먼저 편안함과 이로움을 취하기 위해 다투고 빼앗고, 그것으로도 모자라 서로 시기하고 미워하고 심지어 해치고 죽이기까지 한다는 것입니다. 그런데 만약 '사양하는 도리'를 교육하고 교화하면 사람들은 다르게 행동합니다. 이 '사양하는 도리'가 바로 순자가 인간의 사악한 본성을 인위적으로 바로잡을 수 있다고 주장한 '예(禮)'라고 할 수 있습니다.

그럼 '사양하는 예절'로 교육하고 교화하면 사람의 사악한 본성은 어떻게 달라질까요? 순자는 이렇게 말합니다.

　　"인간은 굶주리면 배부르게 먹고 싶고, 추우면 따뜻하게 하고 싶고, 피곤하면 쉬고 싶어 한다. 이것은 인간의 욕망과 본성이다. 그러나 굶주린 사람이 어른을 보고서 감히 먼저 먹지 않는 것은 사양하는 예절이 있기 때문이다. 피곤한데도 감히 쉬지 않는 것은 대신하는 예절이 있기 때문이다. 아들이 아버지에게 사양하고, 아랫사람이 윗사람에게 사양하고, 아들은 아버지를 대신하고, 아랫사람이 윗사람을 대신하는 행동은 모두 본성에 반대되고 욕망을 거스르는 것들이다. 그러나 이것이 인간의 예절이며 예의의 도리다."

　　굶주리면 먼저 먹고 싶어 하고, 피곤하면 먼저 쉬고 싶어 하는 것은 인간의 본성이자 욕망입니다. 하지만 먼저 먹지 않고 윗사람에게 사양하는 까닭은 예절을 배우고 익혀서 사양하는 도리를 알기 때문입니다. 또한 먼저 쉬지 않고 윗사람을 대신하는 까닭은 예절을 배우고 익혀서 희생하는 도리를 알기 때문입니다. 이렇듯 예절과 도리를 교육하고 교화함으로써 인간의 사악한 본성과 욕망을 선한 품성으로 바꿀 수 있다는 것이 순자의 견해입니다. 그런 의미에서 순자의 인간 본성론과 인간학에서 '예(禮)'라는 한자는 가장 중요하고 핵심적인 개념이라 할 수 있습니다.

辱嫌敵傷仁恕恩傾潔責和義惡偏

궁자후 이박책어인 즉원원의(躬自厚 而薄責於人 則遠怨矣)

"자신을 책망할 때는 엄하게 하고, 다른 사람을 책망할 때는 가볍게 하면 원망이 멀어진다"는 뜻으로 《논어》〈위령공〉 편에 나오는 말입니다. 가시 자(束)와 조개 패(貝)로 이루어진 '나무랄 책(責)' 자에서도 알 수 있듯이 사람을 나무라는 행위는 가시로 찌르는 것과 같은 고통을 줍니다. 아무리 어리석은 사람이라도 남을 책망할 때는 똑똑해진다고 하는데 우리는 자신을 나무랄 때는 똑똑한 사람, 다른 사람을 나무랄 때는 어리석은 사람이 되어야 합니다. 그렇게 하면 자신의 잘못과 실수는 고칠 수 있고, 다른 사람에게 원망과 원한을 사는 일은 없게 됩니다.

2부

배려심 없는
이기적인 사람들에 대하여

베풀며 모욕하는 것이
베풀지 않는 것만 못하다

辱 : 辰 + 寸

욕보일 욕　　때 신　　마디 촌

'욕보일 욕(辱)'자는 '때 신(辰)'과 '마디 촌(寸)'으로 구성되어 있는 한자입니다. '신(辰)'과 '촌(寸)'은 모두 시간과 시기를 의미하는 글자입니다. '신(辰)'은 적당한 혹은 알맞은 때를 의미하고, '촌(寸)'은 촌각(寸刻) 또는 촌음(寸陰)처럼 아주 짧은 동안의 시간을 의미합니다. 그런데 어떻게 시간과 시기를 의미하는 두 글자가 합쳐져 '욕보일 욕(辱)'자가 되었을까요?

고대 중국은 농업을 근본으로 하던 사회였습니다. 농사를 지을 때 가장 중요한 것은 시간과 시기를 놓치지 않는 것입니다. 매달 해야 할 일을 기록한 월령(月令)이 있었을 정도로 농사는 월마다

해야 할 일을 하지 않으면 한 해 농사를 망치게 됩니다. 이 때문에 당시에는 농사의 적당한 때를 놓치거나 어긴 사람을 죽이고 욕보였다고 합니다. 그래서 때를 나타내는 '신(辰)'과 '촌(寸)'이 합쳐져 '욕보이다'라는 뜻을 지닌 '욕(辱)' 자가 된 것입니다.

어떤 경우에도 모욕을 당하면 기분이 좋지 않습니다. 하지만 그 중에서도 가장 모욕스러운 경우는 겉으로는 베풀면서 실제로는 모욕을 주는 경우입니다. 그런 경우는 모욕을 당한 기분 외에도 속았다는 기분까지 들기 때문입니다. 다른 사람에게 모욕당하는 일도 견디기 힘든데 속았다는 생각까지 들면 얼마나 비참해지겠습니까? 이 때문에 베풀면서 모욕을 주면 아무런 공(功)이 되지 않으며 오히려 원망만 살 뿐이라고 했습니다. 반드시 공경하면서 베풀어야 공(功)이 되어 보답으로 돌아온다는 얘기입니다. 이와 같은 사례는 한나라 고조 유방과 명장(名將) 한신의 고사에서 찾아볼 수 있습니다.

유방은 형제가 네 명으로, 맏형은 유백(劉伯)입니다. 유백은 일찍 세상을 떠났습니다. 유방이 한량의 신분이었을 때 더러 큰형수의 집에 들러 밥을 얻어먹었습니다. 겉으로 내색은 하지 않았지만 큰형수는 놀고먹는 유방을 매우 싫어해서, 그가 손님들과 찾아오면 국과 밥을 다 먹었다고 거짓말을 하고 주걱으로 솥을 긁어대곤

했습니다. 이 때문에 유방은 종종 큰 망신을 당했습니다. 그러다가 유방은 솥에 국과 밥이 남아 있는 것을 보게 되었고, 이때부터 큰 형수를 크게 원망하게 되었습니다.

훗날 유방은 한나라를 세우고 황제가 되자 예전 큰형수에게 받은 모욕을 잊지 않고 복수를 했습니다. 자신의 형제들을 모두 제후에 임명하고 봉토(封土)를 주면서도 큰형수의 아들에게만은 봉토를 주지 않았습니다. 그러면서 이렇게 말했습니다. "내가 조카를 봉하는 것을 잊었겠는가? 그 어미가 후덕(厚德)하지 않은 사람이기 때문에 그렇게 한 것이다."

그뿐만 아니라 큰형수의 아들 유신(劉信)을 '다 말라버린 국'이라는 뜻의 갱힐후(羹頡侯)'로 삼았는데, 예전 큰형수의 행동을 미워하고 원망한 나머지 조롱하기 위해서였습니다. 사마천의 《사기》 〈초원왕세가(楚元王世家)〉에 나오는 이야기입니다.

명장 한신의 전기인 〈회음후열전(淮陰侯列傳)〉에도 이와 비슷한 이야기가 나옵니다.

한신이 보잘것없는 평민이었을 때 고향 회음의 속현(屬縣)인 남창 정장(亭長)의 집에서 밥을 얻어먹고 지낸 적이 있습니다. 그런데 몇 달이 지나도록 한신이 떠나지 않자 이를 귀찮게 여긴 정장의 아내는 새벽에 밥을 지어 이불 속에서 먹어치운 다음 밥 때에 맞춰 찾아온 한신에게는 밥을 차려주지 않았습니다. 얼마 지난 후 정장과 그 아내의 행위를 알게 된 한신은 크게 모욕을 느끼고 화가 난 나머지 절교하고 발길을 끊어버렸습니다.

〈회음후열전〉을 보면 이 외에도 그 시절 한신이 겪은 또 다른 모욕이 나옵니다. 그 유명한 '과하지욕(跨下之辱)', 즉 저잣거리에서 다른 사람의 가랑이 밑으로 기어 나가는 모욕입니다.

그런데 훗날 초나라 왕이 된 한신은 자신에게 모욕과 치욕을 준 이 두 사람을 전혀 다르게 대접합니다. 먼저 한신은 아무런 보답을 바라지 않고 자신에게 은혜를 베푼 무명 빨래를 하던 아낙에게는 천금의 상을 내렸습니다. 그리고 정장과 그 아내에게는 푼돈이나 다름없는 백 전(錢)을 내리면서 이렇게 말했습니다. "그대들은 소인배에 불과하다. 다른 사람에게 은덕을 베풀면서 중간에 그만두고 모욕을 주었기 때문이다."

또 가랑이 밑으로 자신을 기어 나가게 한 사람을 불러서는 초나라의 중위(中尉)로 삼으면서 이렇게 말했습니다. "그가 내게 모욕을 줄 때 왜 그를 죽일 수 없었겠는가? 하지만 그를 죽인다고 해도 이름이 드러나지 않았기 때문에 죽이지 않았을 뿐이다. 오히려 그날의 모욕을 참았기 때문에 오늘의 공적을 이룬 것이다."

묵가 사상가 중 송견이라는 사람이 있습니다. 그는 모욕에는 두 가지 경우가 있다고 말했습니다. 하나는 '견모위욕(見侮爲辱)'으로 모욕을 당한 후 치욕으로 느끼는 경우입니다. 다른 하나는 '견모불욕(見侮不辱)'으로 모욕을 당한 후 치욕으로 느끼지 않는 경우입니다. 한신의 경우를 보자면 저잣거리에서 다른 사람의 가랑이 밑으로 기어 나간 모욕은 '견모불욕'이었던 반면, 정장의 아내가 밥을 주지 않아 느낀 모욕은 '견모위욕'이었다고 할 수 있습니다.

유방이 큰형수에게 느낀 모욕도 '견모위욕'입니다. 대개 모욕을 줄 만한 사람에게 받은 모욕은 치욕으로 느끼지 않습니다. 그럴 만한 사람이 그렇게 한 것이라고 생각하기 때문입니다. 하지만 자신에게 베푼다고 생각했던 사람에게 받은 모욕은 큰 치욕으로 남게 됩니다. 내게 은혜와 은덕을 베푼다고 여겼던 사람에게 감쪽같이 속고 배신을 당했다고 생각하기 때문입니다.

이러한 까닭에 베풀면서 모욕을 주는 행위는 은혜는커녕 원망만 사게 될 뿐이라고 말한 것입니다. 차라리 베풀지 않는 것만 못한 게 베풀면서 모욕을 주는 것입니다. 그래서 옛사람들은 의심하면서 가까이 하는 행위와 베풀면서 모욕을 주는 행위를 가장 삼가고 경계했습니다. 왜냐하면 그 두 가지가 불행과 재앙이 찾아오는 지름길이라고 여겼기 때문입니다.

한자에 깊이 새겨져 있는
혐오와 차별의 감정

嫌 : 女 + 兼

혐오할 혐   계집 녀   겸할 겸

최근 들어 우리 사회를 뒤흔든 사건 중에서 가장 큰 관심을 끄는 것이 바로 '혐오 문제'입니다. 왜 혐오가 문제일까요? 대개 혐오의 대상이 사회적 강자보다는 사회적 약자이기 때문입니다. 물론 사회적 강자도 혐오의 대상이 될 수 있습니다. 하지만 사회적 강자는 혐오에 대해 자신을 지킬 힘과 수단을 갖고 있기 때문에 별반 피해를 입지 않는 경우가 대부분입니다.

반면 절대 다수의 사회적 약자는 혐오에 대해 자신을 지킬 힘과 수단을 가지고 있지 못합니다. 이 때문에 혐오에 취약한 사회적 약자가 혐오의 대상이 될 경우 삶이 송두리째 흔들리거나 혹은 모든 것을 잃는 고통을 겪게 됩니다. 예를 들면 외국인 혐오, 인종 혐오, 장애인 혐오, 성소수자 혐오, 여성 혐오, 빈민 혐오, 난민 혐오 등이 그렇습니다.

'혐오하다'는 뜻을 가진 '혐(嫌)' 자의 탄생과 구성만 봐도 자신을 지킬 힘과 수단을 갖고 있지 못한 사회적 약자에 대한 무차별적이고 무분별한 혐오가 얼마나 뿌리 깊은 역사를 가지고 있는지를 확인할 수 있습니다. '혐(嫌)' 자는 '계집 녀(女)'와 '겸할 겸(兼)' 자를 합쳐서 만든 한자입니다. 그런데 어쩌다 '계집 녀(女)'와 '겸할 겸(兼)' 자를 합친 것이 '혐오하다, 싫어하다, 미워하다'라는 뜻이 되었는지 도무지 이해가 되지 않습니다. '혐(嫌)' 자는 아무리 생각해도 글자에 담긴 뜻을 납득하기 어렵고 또 용납하기 힘든 한자입니다.

옥편에서 '겸할 겸(兼)' 자를 찾아보면, '겸하다, 아우르다, 둘러싸다, 겹치다, 나란히 하다, 합치다' 등의 뜻을 갖고 있습니다. 즉 '겸할 겸' 자가 '계집 녀' 자와 합쳐서 이루어진 '혐(嫌)' 자는 '여자가 겸하다, 여자가 아우르다, 여자가 둘러싸다, 여자가 겹치다, 여자가 나란히 하다, 여자가 합치다'는 글자 모양을 하고 있습니다. 그런데 여자가 겸하고, 아우르고, 둘러싸고, 겹치고, 나란히 하고, 합치고 있는데, 그것이 도대체 왜 혐오할 일이고, 싫어할 일이고, 미워할 일이란 말입니까? 그 까닭은 '계집 녀(女)' 자 세 개가 합쳐져 '간사하다'라는 뜻을 이룬 '간(姦)' 자와 비교해보면 어렵지 않게 유추해서 해석할 수 있습니다.

그런데 한자를 공부하다 보면, '혐(嫌)'과 '간(姦)' 자 외에도 여성 멸시와 폄하와 혐오가 담긴 한자가 적지 않다는 사실에 경악하게 됩니다. 예를 들어 '미워하다, 시새워하다'는 뜻의 '질(嫉)' 자는 '계집 녀(女)'와 '질병 혹은 흠 질(疾)' 자로 구성되어 있습니다. 또한 '샘내다, 시기하다'는 뜻의 '투(妬)' 자는 '계집 녀(女)'와 '돌 석(石)' 자로 이루어져 있습니다. '간사하다, 간악하다'는 뜻의 또 다른 한자인 '간(奸)' 자 역시 '계집 녀(女)'와 '방패 간(干)' 자로 만들어졌습니다.

이들 한자는 이 책에서 다루고 있는 다른 한자와 다르게 모두 아무리 파자(破字)를 해봐도 도대체 왜 그러한 뜻을 갖게 되었는지 이해할 수가 없습니다. 남성이 모든 것을 지배하던 시대에 형성된 남성 중심의 역사와 문화가 낳은 여성에 대한 뿌리 깊은 멸시와 폄하와 혐오가 만든 황당무계한 한자라고밖에 말할 수 없습니다. '암탉이 울면 집안이 망한다', '북어와 계집은 사흘에 한 번씩 패야 한다', '여자가 울면 3년간 재수가 없다', '여자 셋이 모이면 접시가 깨진다', '여자 목소리가 담장을 넘으면 안 된다'는 식의 옛 속담처럼 말입니다.

이렇듯 우리가 아무렇지도 않게 사용하고 있는 글자 하나에도 여성 멸시와 폄하와 혐오가 깊이 새겨져 있습니다. 그렇다면 우리 사회와 문화에는 얼마나 더 많은 사회적 약자에 대한 멸시와 폄하와 혐오가 뿌리 박혀 있을까요? 이제라도 그것들을 들여다봐야 할 때입니다. 일상에서 아무렇지도 않게 자행되는 혐오가 그 대상에게는 얼마나 깊은 상처와 고통을 주고 삶을 해체하고 파괴하는지를 깨달을 때 비로소 우리 사회 곳곳에 자리 잡고 있는 '사회적 약자에 대한 혐오'를 해결하고 극복할 수 있기 때문입니다.

그렇다면 어떻게 해야 사회적 약자에 대한 혐오에서 벗어날 수 있을까요? 혐오에는 반드시 '미움과 증오'의 감정과 '차별과 배척'의 마음이 담겨 있습니다. 따라서 혐오에서 벗어나기 위해서는 반드시 두 가지 차원의 개인적 · 사회적 성찰이 필요합니다.

하나는 '기소불욕(己所不欲) 물시어인(勿施於人)'의 성찰입니다. 이 한자성어는 자기가 하고 싶지 않은 일은 다른 사람에게도 하게 해서는 안 된다는 뜻을 담고 있습니다. 이와 마찬가지 이치로 내가 당하고 싶지 않은 일은 다른 사람 역시 당하고 싶지 않고, 다른 사람이 당하고 싶지 않은 일은 나 역시 당하고 싶지 않은 일입니다. 다른 사람에게 혐오의 대상이 되고 싶은 사람은 세상에 단 한 사람도 없습니다.

다른 하나는 '용서할 서(恕)' 자와 '너그러울 관(寬)' 자에 담긴 가치와 정신에 대한 성찰입니다. '같을 여(如)'와 '마음 심(心)'으로 구성되어 있는 '서(恕)' 자에 담긴 가치와 정신은 '다른 사람의 입장과 같이〔如〕 되어 보는 마음〔心〕'입니다. '집 면(宀)'과 '뿔이 가는 산양 환(莧)'으로 구성되어 있는 '관(寬)' 자에 담긴 가치와 정신은 '너그러움', 즉 '나와 다른 사람을 감싸주거나 받아들이는 마음'입니다. 전자가 '용서'의 마음이라면, 후자는 '관용'의 마음입니다. 용서와 관용의 시작은 '나와 다른 남을 이해하는 마음'이고, 그다음은 '나와 다른 남을 인정하는 마음'이고, 그다음은 '나와 다른 남을 받아들이는 마음'이고, 그다음은 '나와 다른 남과 함께하는 마음'입니다.

물론 이렇게 한다고 해서 '혐오' 문제가 다 해결되지는 않을 것입니다. 하지만 적어도 우리 모두 혐오의 뿌리가 되는 '미움과 증오'의 감정과 '차별과 배척'의 마음을 인지하고 거기서 벗어나려는 노력을 해봐야 하는 것 아닐까요?

인정사정 볼 것, 있다

敵 : 商 + 攵

원수 적　밑동 적　때릴 복

　원수 또는 대적하다는 뜻을 갖고 있는 '적(敵)' 자는 '밑동 적(商)'
과 '때릴 복(攵)'으로 이루어져 있는 한자입니다. 여기에서 '복(攵)'
자는 손에 회초리를 쥐고 때리는 모습을 본떠 만든 글자입니다.
다시 말해 '적(敵)' 자는 회초리를 들고 밑동, 즉 근본이 되는 곳을
때리는 형상을 하고 있습니다. 회초리를 들고 누군가의 밑동을 치
면 어떻게 될까요? 당연히 원망을 사고 원한을 맺게 될 것입니다.
이 때문에 '적(敵)' 자는 '원수', '적수' 혹은 '대적하다'는 뜻을 갖게
되었습니다.

　사람이 살아가면서 가장 피해야 할 일 중의 하나가 적(敵)을 만

드는 것입니다. 적을 만드는 일은 불행과 재앙을 불러들이는 또다른 문이기 때문입니다. 적을 만들지 않으려면 무엇보다 원망을 사는 일을 하지 말고 원한을 맺는 일을 하지 않아야 합니다. 원망을 사기 쉽고 원한을 맺기 쉬운 경우로는 다섯 가지 부류를 언급할 수 있습니다.

첫째, 다른 사람에게 인색하고 각박한 경우입니다. 인색하면 어떤 것도 나누거나 베풀려고 하지 않고, 각박하면 어떤 것도 포용하거나 용납하려고 하지 않습니다. 이렇게 하면 반드시 다른 사람의 원망을 사게 됩니다.

둘째, 다른 사람을 업신여기고 모욕하는 경우입니다. 업신여기면 삼가지 않고 모욕하면 공경하지 않게 됩니다. 삼가지 않고 공경하지 않는데 어떻게 원망을 사지 않을 수 있겠습니까?

셋째, 다른 사람에게 오만하거나 교만한 경우입니다. 오만하면 소홀하게 대하고 교만하면 천하게 대하게 됩니다. 소홀하고 천하게 대하는데 어떻게 원망을 사지 않을 수 있겠습니까?

넷째, 다른 사람에게 엄격한 경우입니다. 엄격하면 책망과 처벌을 능사로 여기게 됩니다. 이렇게 하면 반드시 다른 사람의 원망을 사게 됩니다.

다섯째, 다른 사람에게 잔혹한 경우입니다. 잔혹하다는 말은 잔인하고 가혹하다는 뜻입니다. 사람에게는 인정(人情)이라는 것이 있습니다. 다른 사람을 이해하고 동정하는 마음이 곧 인정입니다. 또한 일에는 사정(事情)이라는 것이 있습니다. 어떤 일의 형편이나 까닭을 다른 사람에게 말해 도움을 청하는 것이 곧 사정입니다. 그런데 잔인하고 가혹하면 인정사정을 돌아보지 않습니다. 인정사정을 봐주지 않는데 어떻게 원망을 사지 않을 수 있겠습니까?

적(敵)을 만드는 것은 다른 데 있지 않습니다. 원망이 쌓이고 쌓이다 보면 적대감과 적개심이 일어나고, 적대감과 적개심이 쌓이고 쌓이다 보면 적이 되고 원수가 되는 것입니다. 사방팔방에 적을 만들면서 잘되기를 바라는 것은 마치 연목구어(緣木求魚), 곧 나무에서 물고기를 얻으려고 하는 짓이나 다름없습니다.

그렇다면 어떻게 해야 원망을 사지 않고 원한을 맺지 않을 수 있을까요? 여기에 대해서는 공자가 언급한 네 가지 덕목을 눈여겨볼 필요가 있습니다.

첫째는 '공손함(恭)'입니다. 공손하면 다른 사람을 업신여기거나 모욕하지 않게 됩니다.

둘째는 '관대함(寬)'입니다. 관대하면 다른 사람의 잘못과 실수조차 너그럽게 용납하고 포용하게 됩니다.

셋째는 '믿음(信)'입니다. 믿음이 있으면 다른 사람과 마음을 나누게 됩니다.

넷째는 '베풂(惠)'입니다. 베풀면 다른 사람의 마음을 얻게 됩니다.

여기에 덧붙여 공자는 다음 여섯 가지 방법을 언급했습니다.

첫째, 다른 사람의 약한 점을 들춰내 말하지 않으면 원망을 사거나 원한을 맺는 일이 없게 됩니다.

둘째, 윗자리에 있으면서 아랫사람을 핍박하지 않으면 원망을 사거나 원한을 맺는 일이 없게 됩니다.

셋째, 아랫자리에 있으면서 윗사람을 비방하지 않으면 원망을 사거나 원한을 맺는 일이 없게 됩니다.

넷째, 용맹하면서도 예의를 갖추면 원망을 사거나 원한을 맺는 일이 없게 됩니다.

다섯째, 과감하면서도 두루 받아들이면 원망을 사거나 원한을 맺는 일이 없게 됩니다.

여섯째, 다른 사람의 잘못을 들춰내고 폭로해 자신의 정직함을 증명하는 수단으로 삼지 않으면 원망을 사거나 원한을 맺는 일이 없게 됩니다.

이러한 방법들만 마음에 잘 새겨둔다면 적을 만들려고 해도 적은 생기지 않을 것입니다.

남에게 상처를 주려면
자기 마음의 괴로움부터 겪어야 한다

傷 : 人 + 昜
해칠 상　　사람 인　　화살-
　　　　　　　　　상처 상

　　해치다는 뜻의 '상(傷)' 자는 '사람 인(人)'과 '화살 상처 상(昜)'으로 이루어져 있는 한자입니다. 사람이 화살을 맞아 몸에 상처를 입었다고 해서 '해치다'는 뜻이 되었습니다. '해칠 상(傷)'과 비슷한 의미로 만들어진 한자에는 '근심할 상(愓)'이 있습니다. 이 한자는 '마음 심(心)'과 '화살 상처 상(昜)'이 합쳐진 것으로, 마음에 상처를 입었다고 해서 '근심하다'는 뜻이 되었습니다. 한자의 구성만 봐도 '해칠 상(傷)'은 몸(人)에 상처를 입은 경우이고, '근심할 상(愓)'은 마음(心)에 상처를 입은 경우라는 사실을 어렵지 않게 알 수 있습니다.

살다보면 의도했든 의도하지 않았든 다른 사람에게 상처를 입히는 말과 행동을 하게 됩니다. 대개 인간관계든 또는 사회생활에서든 자신이 원하는 대로 일이 이루어지지 않으면 먼저 자신을 돌아보기보다는 상대방을 탓하게 됩니다. 상대방을 탓하면 반드시 상대방에게 상처를 입히는 말과 행동을 하게 됩니다. 상대방에게 상처를 입히는 것은 곧 상대방을 해치는 것입니다. '해치다'는 말의 의미는 사람의 몸과 마음에 해를 입히는 것인데, 상처를 입히는 것보다 더 큰 해는 없기 때문입니다.

사람들은 자신이 상처를 입지 않기 위해 상대방에게 상처를 주고, 자신은 해로움을 피하기 위해 상대방에게 해로움을 입히려고 합니다. 그런데 《명심보감》에는 이러한 사람들을 향한 준엄한 경고가 실려 있습니다. "다른 사람을 해치는 말은 오히려 스스로를 해치는 말이 될 것이다. 피를 머금어 다른 사람에게 내뿜으면 먼저 자신의 입이 더러워질 것이다."

《채근담》에도 이와 비슷한 경구가 기록되어 있습니다. "다른 사람의 단점을 보면 정성을 다해 가려주고 마음을 다해 덮어주어야 한다. 만약 다른 사람의 단점을 폭로해 온 세상에 드러낸다면, 이것은 나의 단점으로 다른 사람의 단점을 공격하는 것이다. 다른 사람이 미련하고 어리석다면 좋게 잘 가르쳐서 깨닫도록 해주어야 한다. 만약 분노하는 마음을 드러내고 미워하는 말을 내뱉게 되면, 이것은 나의 미련함과 어리석음으로 다른 사람의 미련함과 어리석음을 구제하겠다는 꼴이다."

대개 사람들은 인간관계와 사회생활에서 다른 사람에게 상처를 주거나 해치는 말을 하지 말라고 하면 이렇게 반응합니다. "그 사람이 잘못했기 때문에 그런 건데 무엇이 잘못되었느냐?"고. 또한 "그 사람이 애초에 잘못을 저지르지 않았다면 무엇 때문에 내가 화를 내며 상처를 주겠느냐?"고도 합니다. 다시 말해 원인을 제공한 사람에게 잘못이 있기 때문에 그 사람에게 상처를 주거나 그 사람을 해치는 말과 행동을 하는 자신은 잘못이 없다는 것입니다. 《명심보감》과 《채근담》은 그러한 사람들에게 가르침을 줍니다. 다른 사람의 단점과 잘못을 드러내 상처를 주거나 해치면 반드시 자신에게 되돌아오게 된다는 것입니다. 왜 그럴까요?

첫째, 다른 사람에게 상처를 주거나 다른 사람을 해치는 말과 행동을 하려면 먼저 자신의 감정과 마음이 괴로움을 겪게 됩니다. 스스로 감정과 마음을 괴롭히는 것은 자신을 해치는 행위나 다름없습니다. 이 때문에 자신의 입이 먼저 피로 더럽혀진 다음에야 다른 사람을 피로 더럽힐 수 있다고 한 것입니다.

둘째, 단점이 없거나 잘못을 저지르지 않은 사람은 없습니다.

다른 사람의 단점과 잘못을 탓하며 상처를 주거나 해를 끼치는 말과 행동을 하면 자신의 단점과 잘못이 드러났을 때 그 사람, 아니면 다른 누군가에게 똑같이 돌려받게 됩니다.

셋째, 다른 사람의 단점을 공격하는 행위 자체가 바로 자신의 단점이 됩니다. 또한 다른 사람의 잘못에 분노하고 미워하는 행위 자체가 바로 자신의 잘못이 됩니다. 이 때문에 다른 사람의 단점과 잘못을 드러내 말하는 것은 자신의 단점과 잘못을 드러내는 것에 불과하다고 한 것입니다.

이렇다 하더라도 만약 자신에게 상처를 주고 자신을 해치려고 하는 사람을 만날 경우에는 어떻게 해야 할까요? 예를 들어 사막을 건너다가 우연히 전갈을 만났을 때는 어떻게 행동해야 할까요? 생사의 결판을 내야 할까요? 아닙니다. 전갈은 그냥 무시하고 갈 길을 가면 됩니다. 전갈은 생사를 겨룰 만큼 의미와 가치가 있는 존재가 아니기 때문입니다. 전갈에게 이긴다고 한들 자신에게 무슨 유익함이 있습니까? 도리어 전갈과 싸우다 물려 목숨을 잃게 되면 그보다 더 어리석은 개죽음이 어디에 있습니까?

자신을 해치는 말과 행동을 하는 사람이 전갈과 무엇이 다르겠습니까? 그러한 사람은 내게 백해무익한 사람이기 때문에 아무런 의미도 없고 가치도 없는 존재일 뿐입니다. 그런 사람은 그냥 무시하고 자신이 할 일을 하고 자신이 갈 길을 가면 됩니다.

자기애는 사랑이 아닌
미움의 감정이다

仁 : 人 + 二
어질 인　사람 인　두 이

'어질 인(仁)'은 사람 둘이 함께 있는 글자 모양을 하고 있습니다. 이 한자는 두 사람이 친하게 지내는 것에서 어진 마음이 생겨난다는 뜻을 갖고 있습니다. 그렇게 보면 '어질 인(仁)' 자에는 사람이 다른 사람을 대할 때 어떠한 마음을 갖고 어떻게 행동해야 하는지에 대한 메시지가 담겨 있다고 하겠습니다. 그렇다면 그 메시지는 무엇일까요?

'인(仁)'은 '어질다'는 뜻도 있지만, '사랑하다'는 뜻도 있습니다. 이러한 까닭은 '어짊'의 근본 바탕이 다름 아닌 '사랑'이기 때문입니다. 사랑은 다른 사람에 대해 갖게 되는 사람의 감정이자 마음입니다. 즉 둘 이상의 사람이 관계를 맺을 때 비로소 발생하는 감정과 마음입니다. 사랑이 없는데 어떻게 다른 사람에게 어진 마음이 생기고 어진 행동을 할 수 있겠습니까? 사랑이 있는데 어떻게 다른 사람을 해롭게 하고 또한 해치겠습니까?

이렇게 말하면 간혹 "왜 다른 사람과 관계를 맺을 때만 사랑의 감정과 마음이 생긴다는 것인가? 자기애(自己愛)도 사랑이지 않은가?"라고 의문을 던지는 사람이 있습니다. 그러나 자기애는 사랑이 아닙니다. 사랑에는 나와 다른 사람을 포용 혹은 용납한다는 뜻이 담겨 있습니다. 그런데 자기애는 자기 자신을 제외한 다른 사람을 배제하는 배타(排他)의 감정과 마음입니다. 그런 의미에서 자기애의 바탕에는 사랑이 아닌 미움이 존재한다고 말할 수 있습니다.

중국 고대 제자백가 사상가 가운데 인(仁)을 가장 강조하고 자주 언급한 사람은 단연 공자입니다. 공자의 언행록인 《논어》를 구성하고 있는 총 498개의 이야기 가운데 10분의 1이 넘는 50여 개에서 '인(仁)'이 언급되고 있을 정도니까요. 그런데 《논어》에서 공자가 말하는 인(仁)은 고정불변의 개념이 아닙니다. 공자는 다양한 방식과 방법으로 인(仁)을 설명할 뿐만 아니라 배우는 사람의 자질과 수준에 맞춰 '인(仁)'을 가르치고 있습니다.

그래서 《논어》 속 '인(仁)'은 천만 가지 모습으로 등장합니다. 하지만 공자의 언행을 꼼꼼히 살펴보면 천만 가지 모습으로 변화하는 인(仁)의 바탕에는 모두 다른 사람에 대한 사랑이 자리하고 있다는 사실을 알 수 있습니다. 예를 들어 공자에게 가르침을 받은 제자 유자(有子)는 이렇게 말하고 있습니다.

"부모에게 효도하는 일, 형제 사이에 우애 있게 지내는 일은 바로 인(仁)을 실천하는 근본이다."

또한 인(仁)에 대해 묻는 제자 자장(子張)에게 공자는 이렇게 말하고 있습니다.

"공손하고, 관대하고, 믿음이 있고, 은혜로우면 인(仁)하다고 할 수 있다."

효도하는 일과 우애 있게 지내는 일은 '부모 형제에 대한 사랑'이 없다면 불가능할 것입니다. 마찬가지로 다른 사람에게 공손하고, 관대하고, 믿음이 있고, 은혜로운 태도 역시 그 바탕에 '사랑'이 없다면 가능하겠습니까? 그런 의미에서 사랑이 있어야 비로소 어질다고 할 수 있고, 또한 어진 사람이 되기 위해서는 무엇보다 먼저 다른 사람에 대한 사랑이 있어야 할 것입니다.

내가 하고 싶지 않은 것은
남에게도 강요하지 말라

恕 : 如 + 心

용서할 서　　　**같을 여**　　**마음 심**

'용서할 서(恕)' 자는 '같을 여(如)'와 '마음 심(心)'으로 구성되어 있습니다. 이 한자에는 인간관계에서 다른 사람을 용서한다는 것이 어떤 의미인지가 잘 담겨 있습니다. 다른 사람의 입장과 처지 혹은 상황과 태도와 '같이(如)' 되어 보는 '마음(心)'이 바로 용서라는 얘기입니다.

대개 사람들은 자신의 잘못에 대해서는 관대한 반면, 다른 사람에게는 가혹합니다. '내가 하면 로맨스, 남이 하면 불륜'이라는 말도 있지 않습니까? 나의 입장과 처지에서 헤아리는 것처럼 다른 사람의 입장과 처지에서 헤아린다면 다른 사람의 잘못에 대해서도 관대해지지 않을까요? 그런 의미에서 '용서할 서(恕)' 자의 모양을 통해 알 수 있는 '용서'의 핵심은 "사람의 마음은 같기 때문에 자신의 마음을 살피고 헤아려서 다른 사람의 마음을 미루어 생각하는 것"이라고 하겠습니다.

어느 날 제자 자공이 사람이 죽을 때까지 실천해야 할 것을 한 마디로 말한다면 무엇이냐고 묻자, 공자는 "그것은 서(恕)다"라고 답변했습니다. 그러면서 공자는 '서(恕)'에서 가장 중요한 것은 바로 "자신이 하고 싶지 않은 것은 다른 사람도 하고 싶지 않으므로, 자신이 하고 싶지 않은 것을 다른 사람에게 강요하지 않는 것"이라 말했습니다. 또한 맹자는 '서(恕)'는 '인(仁)'으로 가는 지름길이라고 하면서, "자신의 마음을 미루어 다른 사람의 마음을 헤아려 대하는 것"을 가리켜 '서(恕)'라고 한다고 했습니다.

이렇듯 '서(恕)'라는 한자에는 자신의 마음을 살피고 헤아리는 것과 같이 다른 사람의 마음을 살피고 헤아린다는 뜻이 담겨 있습니다. 또한 나를 대하는 것과 같이 다른 사람을 대하고, 다른 사람을 대하는 것과 같이 나를 대한다는 의미가 새겨져 있습니다. 이렇게 한다면 나 자신은 물론 다른 사람에 대해 분노하고 원망하는 마음이 없어지게 되므로 비난하고 책망하는 마음도 없게 되고 용서하지 못할 일이나 사람도 없게 된다는 것입니다.

베풂에 보답을 바란다면
그것은 거래일 뿐이다

恩 : 因 + 心
은혜 은 　 말미- 　 마음 심
　　　 암을 인

다른 사람에게 도움을 줄 때 어떤 마음을 가져야 할까요? '은혜 은(恩)' 자의 글자 구성을 보면 앞선 물음에 대한 답을 찾을 수 있습니다. 이 한자는 '말미암을 인(因)'과 '마음 심(心)'으로 구성되어 있습니다. 해석하면 '마음에서부터 말미암은'인데, 쉽게 말하자면 '진심에서 우러나오는'이라는 뜻을 갖고 있습니다. 이렇듯 '은혜 은(恩)' 자에는 '마음에서부터 말미암은' 다시 말해 '진심에서 우러나오는' 도움이 은혜라는 의미가 담겨 있습니다.

'은(恩)' 자의 글자 구성에 담겨 있는 은혜의 참된 의미를 새겨볼 때 참고할 만한 글귀가 《명심보감》에 기록되어 있습니다.

"시은물구보(施恩勿求報)하고 여인물추회(與人勿追悔)하라."

그 뜻은 '은혜를 베풀고 나서 보답을 바라지 말고, 다른 사람에게 주고 나서 후회하지 말라'는 것입니다. 다른 사람에게 정신적으로든 물질적으로든 도움을 주거나 베풀 때 자신의 행위에 대한 보답과 대가를 바라지 말라는 것입니다. 다른 사람에게 도움을 주거나 베푸는 행위는 분명 은혜이고 선행입니다. 그런데 만약 그와 같은 행위가 어떤 보답과 대가를 바라고 한 것이라면, 그것은 더 이상 은혜도 아니고 선행도 아닙니다. 왜 그럴까요? 그것은 오히려 '나의 행위와 다른 사람의 보답(혹은 대가)'을 교환 또는 거래하는 행위라고 보는 게 더 타당하기 때문입니다.

'마음에서부터 말미암은'이라는 의미는 은혜란 누군가의 강요나 강압에 의해서 이루어져서는 안 된다는 얘기입니다. 즉 자발적으로 다른 사람을 도와주거나 베풀 때만 비로소 은혜가 됩니다. 또한 '진심에서 우러나오는'이라는 의미는 은혜란 가식이나 거짓으로 꾸며서 도와주거나 베풀어서는 안 된다는 얘기입니다. 즉 진심과 정성을 다해 다른 사람을 도와주거나 베풀 때만 비로소 은혜가 됩니다. 이러한 까닭에 《채근담》에서도 다른 사람에게 은혜를 베풀었다면 보답을 바라지 말아야 하고, 또 다른 사람에게 주었다면 후회하지 말라고 훈계하고 있습니다.

"은혜를 베푸는 사람이 속으로 으스대지 않고 밖으로 다른 사람에 대해 교만하지 않으면 비록 한 말의 좁쌀을 베풀었다 해도 수만 섬의 곡식을 베푸는 은혜와 같다고 할 것이다. 반면 재물로 다른 사람을 도와주는 사람이 자신이 도와준 것에 대해 계산하고 거기에 따른 보답을 재촉한다면 비록 수천 냥의 큰돈을 도와주었다고 해도 엽전 한 푼어치의 공적도 이루기 어려울 것이다."

자신에게 도움을 주거나 은혜를 베푼 사람이 어떤 보답과 대가를 바라고 그렇게 했다면 어느 누가 그것을 은혜라고 생각하겠습니까? 그 때문에 수천 냥의 큰돈을 도와주어도 엽전 한 푼의 공적도 이루기 어렵다고 한 것입니다. 내가 상대방을 대할 때 계산하면 상대방도 나를 대할 때 계산하기 때문입니다.

반면 자신에게 도움을 주거나 은혜를 베푼 사람이 어떤 보답이나 대가를 바라지 않는다면 어느 누가 그것을 은혜가 아니라고 생각하겠습니까? 그래서 한 말의 좁쌀이 수만 섬이나 되는 곡식의 가치를 갖는다고 한 것입니다. 보답과 대가를 바라지 않고 도와주거나 베푸는 은혜는 받는 사람이 반드시 '물질의 가치'가 아니라 '마음의 가치'를 자신의 가슴 깊은 곳에 새겨두기 때문입니다.

기울어진 마음으로는
한쪽 세상밖에 볼 수 없다

傾 : 人 + 頃

기울 경   사람 인   기울 경

　'기울 경(頃)'에 '사람 인(人)'을 덧붙여 만든 한자가 기울다는 뜻의 '경(傾)' 자입니다. '경(頃)' 자는 '머리 혈(頁)'과 '숟가락 비(匕)'가 합쳐져 이루어진 글자로, '머리 앞에 숟가락'이 있는 형상입니다. 숟가락으로 뜬 밥을 먹기 위해 머리를 앞으로 기울인다고 해서 기울이다는 뜻이 되었다고 합니다.

　그러다가 '경(頃)' 자에 '기울이다'는 뜻 이외에 '머리를 기울일 정도의 짧은 순간'이라는 다른 뜻이 추가되자, '기울이다'와 '짧은 순간'이라는 두 가지 뜻을 확실하게 구분하기 위해 '사람 인(人)' 자를 덧붙여 따로 '기울 경(傾)' 자를 만든 것입니다. '인' 자를 덧붙이면서 숟가락에 있는 밥을 먹기 위해 머리를 기울이는 주체가 확실해진 셈이니까, '경(頃)' 자보다는 '경(傾)' 자가 기울다는 뜻에 훨씬 더 가깝다고 하겠습니다.

국어사전을 찾아보면 '기울다'의 뜻은 두 가지로 나옵니다. 하나는 "비스듬하게 한쪽이 낮아지거나 비뚤어지다"이고, 다른 하나는 "마음이나 생각 따위가 어느 한쪽으로 쏠리다"입니다. 이렇게 보면 '기울 경(傾)' 자는 '치우칠 편(偏)' 자와 그 뜻이 일맥상통한다고 하겠습니다. 이처럼 사람의 마음이나 생각이 누군가에게 한쪽으로 쏠리게 되면 어떤 상황이 벌어지는지를 잘 보여주는 고사가 한 편 있습니다. 춘추시대 위나라 영공과 미소년 미자하에 관한 이야기입니다.

미자하는 잘생긴 외모 덕분에 일찍부터 영공의 총애를 받았습니다. 이 때문에 미자하는 하고 싶은 일이라면 무엇이든지 할 수 있었습니다. 어느 날 밤 미자하가 궁궐에 있는데, 어떤 사람이 어머니의 병이 위중하다고 알려주었습니다. 이때 미자하는 어머니를 만나러 가면서 영공의 명령을 사칭해 슬쩍 임금의 수레를 타고 대궐 문을 빠져나갔습니다. 위나라의 법에 따르면 임금의 수레를 함부로 타는 사람은 발을 자르는 형벌에 처하도록 되어 있었습니다. 이후 영공은 미자하가 몰래 자신의 수레를 타고 집에 다녀왔다는 사실을 알게 되었습니다. 그런데 영공은 미자하를 처벌하기는커녕 오히려 효성스럽다고 크게 칭찬하며 이렇게 말했습니다. "미자하는 효자로구나. 발을 잘리는 끔찍한 형벌조차 깜빡 잊을 정도로 어머니를 사랑하는 효심이 특별하구나."

또한 어떤 날에는 미자하가 영공과 함께 궁궐 정원을 산책하다가 탐스럽게 익은 복숭아를 발견하고 딴 다음, 자신이 먼저 한입 먹고 아주 달다며 나머지 반쪽을 영공에게 건네주었습니다. 당시 신하들은 영공보다 앞서 복숭아를 맛보고 나머지 반쪽을 건넨 미자하의 행동은 '임금을 무시한 방약무도한 짓'이라며 처벌을 간언했습니다. 그러나 이때도 영공은 오히려 미자하를 두둔하며 이렇게 말했습니다. "오죽이나 과인을 사랑했으면, 그 맛있는 복숭아를 과인에게 맛보라고 권했겠는가?"

영공의 마음은 이미 어느 누가 바른 말을 해도 듣지 않을 정도로 미자하에게 심하게 기울어져 있었습니다. 이 때문에 미자하는 하늘 높은 줄 모르고 방약무도하게 함부로 권세를 부리고 다녔습니다. 하지만 세월이 흐르고 나이가 들면서 미자하의 미색이 쇠퇴하자 영공의 총애도 점차 식어갔습니다. 결국 영공은 미자하에게 죄를 물어 궁궐에서 내쫓아버렸습니다.

그런데 미자하를 내쫓을 때 영공이 죄목으로 삼은 것이 다름 아닌 지난날 미자하가 군주의 수레를 몰래 이용한 죄와 먹다 남은 복숭아 반쪽을 자신에게 건넨 일이었습니다. 당시 영공은 이렇게 말했습니다. "미자하 이놈은 예전에 과인의 수레를 몰래 훔쳐 타고, 또한 자기가 먹다 남긴 더러운 복숭아 반쪽을 함부로 과인에게 건넨 자다."

영공과 미자하의 이야기는 한비자의 저서인 《한비자》〈세난(說難)〉편에도 나오고, 또한 사마천이 지은 《사기》〈노자 · 한비열전〉에도 나옵니다. 여하튼 한비자는 영공과 미자하의 일을 이렇게 평가했습니다. "미자하의 행동에는 조금도 변함이 없었지만 예전에는 임금에게 크게 칭찬을 받았고 나중에는 크게 벌을 받았다. 그 까닭은 사랑하고 미워하는 임금의 마음이 변했기 때문이다."

영공에게 총애를 받을 때 미자하의 행동은 크게 칭찬을 받았습니다. 그런데 총애를 잃자 지난날 칭찬받았던 그 행동이 오히려 죄가 되어 쫓겨나는 빌미가 되었습니다. 이렇게 된 까닭은 무엇일까요? 그것은 영공의 '기울어진 마음' 탓입니다. 총애할 때는 사랑하는 마음에 지나치게 기울었다면, 내쫓을 때에는 미워하는 마음에 지나치게 기울었기 때문입니다.

이렇게 마음이 기울면 상식에 어긋나고 이치에 맞지 않은 말과 행동을 아무렇지 않게 저지르면서도 자신의 잘못이 무엇인지 깨닫지 못하는 어리석은 사람이 되고 맙니다.

마음이 사랑에 기울면 그 사람의 단점을 볼 수 없고, 마음이 미움에 기울면 그 사람의 장점을 볼 수 없게 됩니다. 이러한 까닭에 현명하고 지혜로운 사람은 사랑하면서도 그 사람에게서 나쁜 점을 볼 줄 알고, 미워하면서도 그 사람에게서 좋은 점을 볼 줄 안다고 했습니다.

더러움 속에서 깨끗함을 찾고
깨끗함 속에서 더러움을 가려내라

$$潔 : 水 + 絜$$

깨끗할 결　　　　**물 수**　　　　**깨끗할 결**

깨끗하다는 뜻의 '결(潔)' 자는 '물 수(水)'와 '깨끗할 결(絜)'로 구성되어 있는 한자입니다. '깨끗할 결' 자는 '실 사(糸)'와 '새길 갈(㓞)'로 이루어진 글자입니다. 이 글자는 삼의 묶음을 가지런히 하여 깨끗하게 자른 횡단면을 나타낸다고 해서 '깨끗하다'는 뜻이 되었다고 합니다. 여기에 맑고 깨끗함의 상징인 '물 수' 자가 더해졌으니, '깨끗할 결' 자는 깨끗함 가운데에서도 가장 깨끗함을 뜻한다고 하겠습니다.

대개 사람들은 '깨끗한 것'과 '더러운 것'을 철저하게 구분합니다. 그리고 깨끗한 것은 좋아하지만 더러운 것은 싫어합니다. 하지만 깨끗한 것은 대개 더러운 것에 나오고 더러운 것은 대개 깨끗한 것에서 나오기 때문에, 깨끗한 것과 더러운 것의 구분은 사물의 이치에 맞지 않습니다. 이러한 이치를《채근담》에서는 이렇게 밝히고 있습니다.

"똥 속 벌레는 지극히 더럽다. 하지만 그 벌레가 매미로 변하여 가을철 바람을 맞으며 세상에서 가장 깨끗한 이슬을 마신다. 썩은 풀은 빛이 없다. 하지만 풀이 개똥벌레로 변하여 여름철 달밤에 광채를 발한다. 사람이 진실로 깨끗한 것은 항상 더러운 것으로부터 나온다는 사실을 알아야 한다. 또한 밝은 것은 매번 어두운 곳을 좇아서 발생한다는 것을 알아야 한다."

성호 이익은《관물편(觀物篇)》에서 '더러운 똥'과 '깨끗한 음식'의 관계를 따져보며 세상사와 인간사의 이치까지 밝히고 있습니다.

"진수성찬도 목구멍을 지나 몸속으로 들어가면 변해서 냄새나는 더러운 똥이 된다. 그런데 냄새나는 더러운 똥은 곡식을 기르는 거름이 되니 정결(貞潔)하다고 할 수 있다. 아름다움과 추악함 혹은 깨끗함과 더러움이 이와 같이 바뀌게 된다. 곡식과 채소를 먹는 사람은 그 곡식과 채소를 냄새나는 더러운 똥에서 생장했다고 해서 그것을 혐오해 내다 버리지 않는다. 또한 마찬가지 이치로 냄새나는 더러운 똥을 보는 사람은 그 똥이 진귀하고 아름답고 맛있는 음식에서 나왔다고 해서 그것을 취하지 않는다."

그러면서 이익은 비록 과거에 죄악을 저질렀다고 해도 사람이 진실로 선하다면 그 죄악을 마음에 두어서는 안 되고, 마찬가지 이치로 사람이 진실로 악하다면 지난날 선행을 했다고 해서 그 사람을 취해서는 안 된다고 말하고 있습니다.

깨끗함과 더러움은 고정되어 있거나 불변하지 않습니다. 오히려 깨끗한 것이 더러운 것이 되고, 더러운 것이 깨끗한 것이 됩니다. 이렇게 본다면 사람 역시 겉모양이 더럽다고 해도 속마음은 깨끗할 수가 있고, 겉모습은 깨끗하다고 해도 속마음은 더러울 수가 있습니다. 또한 보기에는 더럽고 부끄러운 일로 먹고사는 것처럼 보여도 실제로는 지극히 깨끗하게 사는 사람이 있고, 보기에는 깨끗하고 고상한 일로 먹고사는 것처럼 보여도 실제로는 지극히 더럽게 사는 사람이 있습니다.

세상사와 인간사에서 나타나는 '깨끗함'과 '더러움'의 이치를 잘 보여주는 또 다른 글은 연암 박지원의 풍자 작품 중 하나인 〈예덕선생전(穢德先生傳)〉입니다. 이 글은 제목 뜻 그대로, '더러운[穢]' 일을 하면서 먹고살지만 그 사람됨은 지극히 깨끗한 '덕(德)'을 갖추고 있는 '예덕선생'에 관한 이야기입니다.

예덕선생은 종본탑(宗本塔 : 현재 종로 탑골공원 내 원각사지십층석탑) 동쪽에 살면서 마을의 똥을 치는 일을 생업으로 삼아 먹고사는 사람입니다. 마을 사람들은 모두 그를 엄행수라고 부르는데, 글을 읽는 선비인 이덕무만은 그와 벗으로 사귀면서 '예덕선생'이라고 부릅니다.

　이 때문에 이덕무는 세상 사람들로부터 깨끗하고 고상한 삶을 추구하는 선비가 어떻게 가장 천하고 더러운 일로 먹고사는 똥 장군 엄행수와 벗으로 사귈 수 있느냐는 비난과 조롱을 듣게 됩니다. 특히 이덕무의 제자 중 자목이라는 사람은 엄행수와 사귀는 이덕무를 더 이상 스승으로 섬길 수 없다면서 떠나겠다고 말합니다. 제자의 비난을 조용히 듣고 있던 이덕무는 이렇게 훈계합니다.

　"의롭지 않은 일로 높은 벼슬에 오르고 만종(萬鍾)의 녹봉을 얻는다면 지극히 불결한 것이다. 아무런 노력 없이 재물을 모았다면 아무리 막대한 부를 쌓아도 그 이름에서는 썩은 냄새가 나게 마련이다. 엄행수는 더러운 똥을 지고 날라 먹고사니 지극히 불결하다고 말하겠지. 하지만 그가 먹고사는 방법은 지극히 향기롭다. 그가 하는 일은 지극히 지저분하지만 의로움을 지킬 때는 지극히 고상하다고 할 만하지. 이러한 것을 통해 나는 깨끗한 가운데서도 깨끗하지 않은 것이 있고, 더러운 가운데에서도 더럽지 않은 것이 있음을 깨달았다.

116

나는 살아가면서 매우 견디기 힘든 경우를 당할 때마다 항상 엄행수를 떠올린다. 그를 생각하면 견디지 못할 일이 없기 때문이다. 선비로서 곤궁하게 살면서 얼굴에 곤궁한 티를 나타내는 것은 부끄러운 일이다. 또한 출세했다고 해서 그 몸짓에서까지 출세한 티를 나타내는 것은 더욱 부끄러운 일이다. 그렇게 본다면 천하에서 가장 더럽고 천한 일로 먹고살면서도 의로움을 지키고 덕을 행하는 엄행수와 비교하여 부끄럽지 않은 사대부는 매우 드물다고 할 수 있지. 그래서 나는 엄행수를 스승으로 모신다. 어찌 감히 벗이라고 말할 수 있겠느냐. 나는 엄행수의 이름을 감히 함부로 부르지 못하고 '예덕선생'이라고 부른다."

이러한 까닭에 사람을 볼 때는 반드시 더러운 것 속에서 깨끗한 것을 볼 줄 알아야 하고, 깨끗한 것 속에서 더러운 것을 볼 줄 알아야 합니다. 그리고 좋아하는 것 가운데에서 싫어하는 것을 볼 줄 알아야 하고, 싫어하는 것 가운데에서 좋아하는 것을 볼 줄 알아야 합니다. 이렇게 한다면 살아가면서 반복하여 저지르게 되는 여러 가지 잘못과 실수들을 되풀이하는 어리석음에서 벗어날 수 있을 것입니다.

아무리 어리석은 사람이라도
남을 나무랄 때는 똑똑해진다

責 : 朿 + 貝
나무랄 책　가시 자　조개 패

　'가시 자(朿)'와 '조개 패(貝)'로 이루어진 한자가 나무라다는 뜻의 '책(責)' 자입니다. 고대 중국에서는 '조개'가 돈을 나타냈기 때문에, 돈을 빌려주고 갚으라고 재촉할 때 마치 가시로 찌르는 것처럼 추궁한다고 해서 '나무라다'는 뜻이 되었습니다.

　'나무랄 책(責)' 자에서 알 수 있듯이, 다른 사람을 나무라는 행위는 ― 좋은 의도에서 했건 나쁜 의도에서 했건 ― 그 사람에게 가시로 찌르는 것과 같은 고통을 줍니다. 그래서 《명심보감》에서는 "다른 사람을 책망하기만 하는 사람은 온전히 사귀기 어렵다"라고 했습니다. 책망(責望)이란 '다른 사람의 잘못을 꾸짖거나 나무라며 못마땅하게 여기는 행위'를 뜻합니다. 아무리 좋은 말이고 훌륭한 말이라고 해도 가시와 같은 말로 자꾸 자신을 찌르기만 하는 사람을 좋아할 사람이 어디에 있겠습니까?

이러한 까닭에 《채근담》에서는 다른 사람의 잘못과 실수를 나무랄 때는 너무 엄격하게 하지 않아야 한다고 했습니다. 그러기 위해서는 다른 사람을 나무랄 때 반드시 두 가지를 고민해야 합니다. 그중 하나가 그 사람이 감당할 수 있는지를 생각해보는 것입니다. 다른 하나는 그 사람이 받아들일 수 있도록 해야 한다는 것입니다. 또한 《채근담》에서는 사람이 덕(德)을 기르고 해악(害惡)을 멀리하는 세 가지 방법을 이렇게 알려줍니다.

"다른 사람의 작은 잘못을 책망하지 말고, 사사로운 비밀을 드러내 밝히지 말고, 지난날 악행을 마음에 새겨두지 않아야 한다. 이 세 가지는 덕을 기르고 해로움을 멀리하게 한다."

《논어》에서 공자도 이와 비슷한 말을 했습니다.

"자신을 책망할 때는 엄하게 하고, 다른 사람을 책망할 때 가볍게 하면 원망이 멀어진다."

자신의 잘못과 실수를 엄하게 책망하면 어떤 효과가 있을까요? 그 잘못과 실수를 반드시 고칠 수 있게 됩니다. 다른 사람의 잘못과 실수를 가볍게 하면 어떤 효과가 있을까요? 원망을 사지 않으면서 스스로 잘못과 실수를 깨우쳐 고칠 수 있도록 해줍니다. 반대로 자신을 책망할 때 가볍게 하면 결코 그 잘못과 실수를 고칠 수 없습니다. 다른 사람을 엄하게 책망하면 잘못과 실수는 고쳐지지 않고 오히려 원망만 사게 됩니다.

그래서 북송 때 학자이자 정치가인 범순인은 다른 사람을 책망하는 마음으로 자신을 나무라고, 자신을 용서하는 마음으로 다른 사람을 용서하라고 했습니다.

"비록 사람이 아무리 어리석다 할지라도 다른 사람을 책망할 때는 똑똑하다. 사람이 비록 총명하다 해도 자신을 용서할 때는 어둡고 어리석다. 사람들이 마땅히 다른 사람을 책망하는 마음으로 자신을 꾸짖고, 자신을 용서하는 마음으로 다른 사람을 용서한다면 성인과 현인의 지위에 이르지 못할까 봐 근심할 필요가 없다."

자신을 나무랄 때는 똑똑한 사람, 다른 사람을 나무랄 때는 어리석은 사람처럼 행동해야 합니다. 그렇게 하면 자신의 잘못과 실수를 고칠 수 있고, 다른 사람에게 원망을 사는 일이 없게 됩니다.

쌀 한 톨을 가지고도
모든 사람을 만족시키려면

和 : 和 + 口
화목할 화   벼화   입구

'벼 화(禾)'와 '입 구(口)'로 이루어져 있는 '화목할 화(和)' 자는 벼〔禾〕로 밥을 지어서 여럿이 함께 어울려 입〔口〕에 넣으며 나누어 먹으니 '화목하다'는 뜻이 되었다고 합니다. 다른 한편으로는 사람이 살아가는 데 '벼〔禾〕'와 '입〔口〕'은 어느 한쪽도 없어서는 안 되는 떼려야 뗄 수 없는 사이라고 해서 '화목하다'는 뜻을 갖게 되었다고도 합니다.

이렇게 본다면 '화목할 화(和)' 자는 '식구(食口)'와 그 뜻이 매우 닮았다는 사실을 쉽게 짐작해볼 수 있습니다. 대개 가족과 동일한 의미로 사용하는 '식구'는 한집안에 같이 살면서 밥을 함께 나누어 먹는 사람을 뜻합니다. 예나 지금이나 가족과 식구 사이에 가장 중요한 덕목은 다름 아닌 '화목'입니다.

그렇다면 가족과 식구 사이에 '화목'을 유지하는 데 가장 핵심이 되는 사항은 무엇일까요? 그것은 재물을 공평하고 균등하게 나누는 것입니다. 농업을 천하의 근본으로 여긴 농경사회에서 최고의 재물은 '벼(禾)'였습니다. 천석꾼(千石君), 만석꾼(萬石君)이라는 말에서 짐작할 수 있듯이 옛적에는 '벼'를 재물과 재산의 유일한 기준으로 삼을 정도였습니다. 지금의 '돈'처럼 말입니다. 천석꾼은 1년에 벼 천 섬을 거둘 만큼의 토지와 재물을 가진 사람을 말하고, 만석꾼은 1년에 벼 만 섬을 거둘 만큼의 토지와 재물을 가진 부자를 가리킵니다.

이렇듯 벼로 밥을 지어 함께 어울려 먹는다는 '화(和)' 자에는 가족과 식구들이 화목하게 지내기 위해서는 — 벼로 상징되는 — 재물과 재산을 공평하고 균등하게 나누는 것보다 더 중요한 덕목이 없다는 사실이 숨겨져 있습니다. 가족과 식구 간에 불평과 원망과 반목과 다툼이 일어나는 원인은 다른 데 있지 않습니다. 누군가에게는 많이 주고 누군가에게는 적게 준다면 불평과 원망이 생겨나게 마련입니다. 또 누군가는 예뻐해 후하게 주고 누군가는 미워해 박하게 준다면 반목과 다툼이 일어납니다. 공자는 말했습니다.

"가정을 잘 다스리는 사람은 자신의 재산과 재물을 균등하게 나누기 때문에 집안사람들이 비록 거친 밥을 먹으며 굶주림에 시달리고 다 떨어진 옷을 입고 추위에 떨어도 원망하는 일이 없다. 집안사람들 간에 원망하는 마음이 발생하는 원인은 가정을 다스리는 사람이 자신이 사랑하는 자손에게는 후하게 베풀고 미워하는 자손에게는 야박하게 대하기 때문이다."

중국 북송(北宋) 때의 유명한 정치가이자 학자였던 사마광은 집안사람들을 가르칠 목적으로《가범(家範)》이라는 책을 저술해 남겼습니다. 이 책에서 사마광은 송나라가 개국한 이후 백여 년 동안 수많은 공경대부들이 나는 새도 떨어뜨릴 만한 권세와 부귀를 누렸지만, 선조가 가르친 가법(家法)과 가훈(家訓)을 잘 지켜서 오래도록 쇠퇴하지 집안은 오직 이방(李昉)의 자손들밖에 없었다고 기록하고 있습니다.

이방은 북송 제2대 태종(太宗) 때《태평광기(太平廣記)》의 편찬·제작을 진두지휘한 당대 최고의 학자이자 명신이었습니다.《태평광기》는 한나라 시대부터 송나라 초기까지의 설화와 야사 등을 광범위하게 채록해 총 500권 7천여 조에 이르는 방대한 분량으로 엮은 서책입니다. 특히 이방은 여러 대에 걸쳐 200여 명의 대가족이 한 집안에서 화목을 누리며 산 이야기의 주인공으로도 유명합니다.

어쨌든 사마광은 이방의 집안이 그토록 오랜 세월 집안을 잘 지킬 수 있었던 비결을 "몇 대에 걸쳐 수백 명의 대가족이 한집안에 함께 모여 살면서 재산과 재물을 공동으로 소유하고 균등하게 분배하는 가법과 가훈"에서 찾았습니다. 이방과 그 자손들은 전답에서 수확하는 농작물에서부터 벼슬하면서 받은 녹봉이나 물품에 이르기까지 모든 재물을 한 창고에 모아 보관한 다음 가족 수에 따라 균등하게 나누어 생계를 도모하도록 했습니다.

또한 관혼상제(冠婚喪祭) 등의 대소사에 소요되는 비용 역시 일정한 액수를 정해서 고르게 지불했습니다. 이 덕분에 재산과 재물을 둘러싸고 집안사람들 간에 다툼이나 원망이 없었습니다. 다시 말해 가난할 때는 함께 고통을 나누고 부유할 때는 함께 즐거움을 누렸기 때문에 수백 명의 대가족이 모여 살면서도 오래도록 화목할 수 있었습니다.

그런데 사마광은 이와 반대로, 즉 재물에 각박하고 인색해 친동생조차 용납하지 못해 불화(不和)한 형제의 사례도 소개하고 있습니다. 먼저 그는 중국 한(漢)나라 때 유행한 속담인 "한 자밖에 안 되는 옷감으로도 옷을 만들 수 있고, 한 말밖에 안 되는 곡식으로도 방아 찧을 수 있다"를 소개합니다. 이 속담은 한 자밖에 안 되는 옷감과 한 말밖에 안 되는 곡식조차도 나누어 먹으면 추위와 배고픔을 막기에 충분한데, 제5대 황제인 문제(文帝)가 천하의 모든 재물을 가지고 있으면서도 동생 한 사람을 용납하지 않은 일을 풍자한 것이었습니다.

이처럼 가족과 식구들을 화목하게 하기도 하고 혹은 불화하게 하기도 하는 것은 재물을 어떻게 다루느냐에 달려 있다고 해도 과언이 아닙니다. 벼로 밥을 지어서 함께 나누어 먹는다는 '화목할 화(和)' 자에 담긴 뜻은 가족과 식구들이 화목하게 지내기 위해서는 반드시 재물을 공평하고 균등하게 해야 한다는 메시지를 전해 줍니다.

이로움을 마주할 때는
의로움을 먼저 생각하라

義 : 羊 + 我
옳을 의   양 양   나 아

'옳을 혹은 의로울 의(義)' 자는 '양 양(羊)'과 '나 아(我)'로 구성되어 있는 한자입니다. 그런데 '양(羊)'과 '나(我)'가 결합해 어떻게 '옳다 혹은 의롭다'는 뜻의 '의(義)' 자가 만들어졌는지 조금 의아합니다. 그 궁금증을 한번 풀어보겠습니다.

먼저 '양' 하면 어떤 이미지가 떠오르나요? 온순하고 온화하고 순박하고 부드러운 이미지가 떠오르지 않나요? '나(我)'의 마음 씀을 '양(羊)'의 성품처럼 온순하고 온화하며 순박하고 부드럽게 가진다면 '옳다'는 뜻으로 '옳을 의(義)' 자가 만들어졌다고 합니다.

또 다른 의미에서 접근하면, 양은 고대국가에서 인간을 대신해 신에게 바치는 제물로 신성한 동물이었습니다. 예부터 다른 사람의 이익이나 공공의 목적을 위해 목숨을 바치는 경우를 가리켜 '희생양(犧牲羊)'이라고 부르는 까닭을 바로 여기에서 찾을 수 있습니다. 이렇듯 '나 자신'을 희생양으로 해서 다른 사람의 이익이나 공공의 목적을 위하는 행위는 '의롭다'는 뜻으로, '의로울 의(義)' 자가 만들어졌다고 합니다.

나 자신을 희생양으로 삼는다는 말은 다르게 말하면 곧 '사사로운 마음을 버린다'는 뜻이 됩니다. '의로움'이란 사사로운 마음을 버렸을 때 비로소 생긴다고 할 수 있습니다. 여기에서 사사로운 마음이란 쉽게 말해 공공의 가치 혹은 공동의 이익보다는 개인적인 욕심 또는 개인적인 이득을 무엇보다 중요하게 여기는 마음이라고 해석할 수 있습니다. 이렇듯 '옳을 혹은 의로울 의' 자에는 자신의 사사로운 욕심이나 개인적인 이득을 희생하면서 공공의 가치 혹은 공동의 이익을 위해 마음 쓰고 행동하는 것이 '의로움'이라는 메시지가 담겨 있습니다.

'어질 인(仁)' 자에서 살펴본 것처럼 공자를 '인(仁)의 사상가'로 꼽는다면, '의(義)의 사상가'로는 단연 맹자를 꼽을 수 있습니다. 맹자가 얼마나 '의'를 강조하고 중요하게 여겼는지는 그의 저서인

《맹자》의 첫 대목이 "이로움이 먼저인가 아니면 의로움이 먼저인가"에 관한 유세로 시작된다는 점에서 쉽게 확인할 수 있습니다. 천릿길을 멀다 하지 않고 자신이 다스리는 양(梁)나라에 찾아온 맹자에게 혜왕(惠王)은 다짜고짜 "선생께서는 내게 장차 어떤 이로움을 줄 수 있습니까?"라고 묻습니다.

맹자는 혜왕이 의로움이 아닌 이로움을 앞세워 나라를 다스린다는 사실을 간파하고 이렇게 설득합니다. "왕께서는 왜 하필 이로움을 말하십니까? 왕께서 어떻게 하면 이로움을 얻을 수 있을까 고민하게 되면, 벼슬아치들은 어떻게 하면 내 가문을 이롭게 할 수 있을까를 생각하고, 선비나 백성들은 어떻게 하면 내 한 몸 이롭게 할 수 있을까를 고민하게 됩니다.

이처럼 위로는 임금과 벼슬아치에서부터 아래로는 일반 백성에 이르기까지 오직 이로움만 생각하게 되면 자신의 이로움을 좇아 서로에게 해를 입히고 심지어 죽이는 일까지 서슴지 않을 것입니다. 천하의 혼란과 분열은 사람들이 모두 이로움만을 좇는 데서 비롯됩니다. 반면 의로움을 생각하는 사람치고 다른 사람을 정성으로 대하지 않거나 나라와 임금에게 충성하지 않은 사람은 없었습니다. 천하의 평화와 안정은 사람들이 모두 의로움을 좇는 데서 비롯됩니다. 이치가 이러한데 왕께서는 어찌하여 의로움을 묻지 않고 이로움만 말씀하십니까?"

공자 역시 군자(君子)는 의로움에 밝지만 소인(小人)은 이로움에 밝다고 하면서, 《논어》에서 '견득사의(見得思義)'와 '견리사의(見利思義)'의 철학을 주장했습니다. 즉 이로움을 보면 반드시 의로움을 생각해야 한다는 뜻입니다. 이와 같은 이치로 본다면, 사람이 살아가면서 사사로운 마음을 버리고 의로움을 앞세우는가 아니면 사사로운 마음으로 이로움을 앞세우는가에 따라서 선(善)한 사람이 되기도 하고 혹은 악(惡)한 사람이 되기도 한다고 하겠습니다.

움켜쥐려 할수록
쥘 수 있는 것은 줄어들 뿐이다

惡 : 亞 + 心

미워할 오   곱사   마음 심
            등이 아

'아(亞)'라는 한자는 본래 고대 중국에서 집의 토대 또는 무덤을 위에서 본 모양을 형상화한 글자입니다. 그러다가 나중에 곱사등이의 모양으로 잘못 보아 보기 흉하다 혹은 나쁘다는 뜻으로 쓰이게 되었다고 합니다. 이런 뜻을 가진 '곱사등이 아(亞)' 자가 '마음 심(心)' 자와 결합하여 보기 흉한 마음 또는 나쁜 마음이라는 의미에서 '미워할 오(惡)' 자를 이루게 되었습니다.

사람이라면 누구나 지니고 있는 가장 기본적인 감정을 가리켜 '칠정(七情)'이라 합니다. '희로애락애오욕(喜怒哀樂愛惡欲)'이 바로 그것입니다. 기뻐하고, 분노하고, 슬퍼하고, 즐거워하고, 사랑하고,

미워하고, 욕심내는 것은 사람과 떼려야 뗄 수 없는 감정입니다. 사람에게는 수만 가지 미워하는 감정이 있습니다. 그렇다면 그중에서도 다른 사람에게 가장 크게 '미움'을 사는 일은 무엇일까요?

춘추시대 제후들의 우두머리 노릇을 한 다섯 제후를 가리켜 '춘추오패(春秋五霸)'라고 부릅니다. 제나라 환공, 진(晉)나라 문공, 진(秦)나라 목공, 초나라 장왕, 월나라 구천 등이 바로 그들입니다. 이들 중 초나라 장왕을 패자의 지위에까지 오르게 보좌한 사람이 재상 손숙오입니다. 이 때문에 손숙오는 '일인지하 만인지상'의 자리에 올라 초나라의 부와 권력을 독차지할 수 있는 지위를 얻게되었습니다. 이때 초나라 호구(狐丘)에 사는 한 노인이 손숙오에게이렇게 말했습니다. "세상 사람들에게는 미워하고 원망하는 세 가지 대상이 있습니다. 그것에 대해 알고 계십니까?"

손숙오가 잘 모르겠다고 하자 노인은 다시 이렇게 말했습니다. "작위가 높은 사람은 세상 사람들이 그를 시기합니다. 벼슬이 큰사람은 세상 사람들이 그를 미워합니다. 녹봉을 많이 받는 사람은세상 사람들이 그를 원망합니다."

세상 사람들은 부와 권력을 독차지하는 사람을 시기하고 미워하고 원망하기 때문에 부와 권력을 차지하면 차지할수록 그만큼재앙을 입을 위험도 커지게 된다는 충고였습니다. 노인이 자신에게 한 충고의 뜻을 눈치 챈 손숙오는 이렇게 답변했습니다. "저는 작위가 높아지면 높아질수록 뜻을 더욱 낮출 것입니다. 저는 벼슬이 높아지면 높아질수록 욕심을 더욱 적게 가질 것입니다. 녹봉이 많아지면 많아질수록 다른 사람에게 더 많이 베풀 것입니다. 그렇게 한다면 미움과 원망에서 벗어날 수 있지 않겠습니까?"

손숙오의 현명함과 지혜로움은 특히 그가 병이 들어 죽음을 맞을 때 아들에게 남긴 유언에서 더욱 빛을 발했습니다. "왕은 자주 나에게 봉지(封地)를 주려고 했다. 하지만 나는 받지 않았다. 내가 죽으면 왕이 너에게 봉지를 주려고 할 것이다. 혹시 그렇게 되면 절대로 기름진 땅을 받지 말거라. 초(楚)나라와 월(越)나라 중간에 침(寢)이라는 그다지 높지 않은 산지(山地)가 있는데, 그 땅은 기름지지도 않고 그다지 좋지도 않다. 그래서 누구도 그 땅을 바라지 않는다. 오래도록 지닐 수 있는 땅은 그 곳 이외에는 없으니, 그 땅을 봉지로 받아라."

손숙오가 죽자, 그의 유언대로 왕은 손숙오의 아들에게 좋은 땅을 주고자 했습니다. 그러나 손숙오의 아들은 아버지의 유언대로 좋은 땅을 사양하고 침(寢) 지역의 구릉(丘陵) 지대를 봉지로 받았습니다. 그 후 숱한 왕권의 교체와 권력 투쟁 속에서 좋은 땅을 차지한 귀족과 신하들은 그 땅 때문에 목숨을 잃고 멸문의 재앙을 만났습니다. 그러나 손숙오의 후손들만은 오래도록 땅을 유지한 채 가문의 맥을 이을 수 있었습니다. 좋은 땅을 차지하고 있는 것은 세상 사람들로부터 미움의 대상이 될 수 있다고 판단했던 손숙오의 유언 덕분에 그 후손들은 재앙을 피할 수 있었던 셈입니다.

이러한 손숙오의 이야기에서 생겨난 고사성어가 '호구지계(狐丘之戒)'입니다. 어떤 노인이 손숙오에게 '호구에서 한 경계'라는 이 말은 다른 사람들로부터 미움과 원망을 사는 일을 경계해야 한다는 뜻을 지니고 있습니다.

조선 시대에도 '호구지계'의 이치처럼 세상 사람들에게 미움과 원망을 살 행동을 하지 않아서 12대 300년 동안 만석꾼의 명성을 지킨 집안이 있었습니다. '경주 최부잣집'이 바로 그들입니다. 그 집안은 1년에 만 석 이상의 재물을 모으지 않고, 흉년에는 다른 사람의 땅을 절대로 사지 않았습니다. 지나치게 욕심을 부려 세상 사람의 원망을 사면서까지 재물을 모으는 일은 곧 재앙을 불러들이는 문이자 목숨을 빼앗아가는 칼과도 같다고 생각했기 때문입니다. 또한 이 집안은 주변 100리 안에 굶어 죽는 사람이 없도록 항상 다른 사람에게 재물을 베풀었습니다. 전해오는 이야기에 따르면, 동학농민봉기 이후 경상도 일대에는 부잣집만을 골라 터는 활빈당이 활약했는데, 오직 최부잣집만은 털끝 하나 건드리지 않았다고 합니다. 평소 주변 100리 이내에 가난하고 굶주린 사람들을 보살펴서 어느 누구의 미움과 원망도 사지 않았기 때문에 숱한 부잣집과 지주들이 활빈당의 습격을 받았지만 최부잣집만은 피해갈 수 있었던 것입니다.

많이 가지려고 하면 할수록 다른 사람에게 미움을 받게 됩니다. 또한 독차지하려고 하면 할수록 다른 사람에게 미움을 받게 됩니다. 그렇다면 다른 사람에게 미움을 받지 않는 방법은 의외로 간단합니다. 많이 가지려고 하기보다는 나누려고 하면 누가 그 사람을 미워하겠습니까? 독차지하려고 하기보다는 베풀려고 하면 누가 그 사람을 미워하겠습니까? 그런 점에서 미워하다는 뜻을 지닌 '오(惡)' 자는 다른 사람에게 미움을 받지 않는 방법과 이치에 대해 한 번쯤 생각해보게 하는 한자입니다.

사람 귀가 두 개인 이유

偏 : 人 + 扁

치우칠 편   사람 인   좁을 편

'치우칠 편(偏)' 자는 '사람 인(人)'과 '좁을 편(扁)'으로 구성되어 있는 한자입니다. 마음이 좁고 식견이 좁은 사람은 한쪽으로 치우친 사람이라고 해서 '치우치다'는 뜻이 되었습니다. 그렇다면 사람이 치우치게 되는 때는 어떤 경우일까요? 여러 가지 경우가 있겠지만, 그중 가장 흔하게 저지르는 잘못은 한 사람 혹은 한쪽, 한편의 말만 듣고 판단하고 행동하는 경우입니다.

《한비자》를 읽으면 〈망징(亡徵)〉, 즉 나라가 망하는 징조를 열거한 내용이 나옵니다. 모두 마흔일곱 가지 징조를 언급하는데, 그중 여섯 번째가 '임금이 많은 사람들의 의견을 듣지 않고 오직 한 사람의 말만 듣게 되면 그 나라는 망한다는 것'입니다.

진나라 문공은 아버지 헌공의 애첩인 여희에게 모함을 받아 누명을 쓴 채 도망자의 신세가 되어 무려 19년 동안 이 나라 저 나라를 떠돌아다니는 비참한 생활을 했습니다. 문공이 천하를 떠돌다 다시 귀국하는 19년 동안 진나라에서는 헌공의 신하와 자식들 간에 서로 죽고 죽이는 살육전이 벌어졌는데, 그 까닭은 헌공이 오직 여희 한 사람의 말만 들은 채 한쪽으로 치우친 정치를 했기 때문입니다.

　헌공은 여융(驪戎)을 정벌할 때 애첩 여희를 얻었습니다. 헌공은 여희와의 사이에서 해제라는 아들을 낳았습니다. 당시 헌공에게는 이미 첫 부인에게서 낳은 아들 신생과 또 다른 두 명의 부인에게서 낳은 아들 중이와 이오가 있었습니다. 헌공의 자리를 이어 다음 제후가 될 태자의 자리에 있던 사람은 첫째 아들 신생이었습니다. 그런데 여희는 자신의 아들 해제를 태자로 만들려고 신생을 해칠 음모를 꾸몄습니다.
　먼저 여희는 헌공이 태자를 폐하고 해제를 태자로 삼겠다는 뜻을 보이자 거짓으로 태자를 위하는 척하며 자신의 속마음을 숨겼습니다. 헌공의 신임을 얻기 위해서였습니다. 그러면서도 사람들을 시켜 헌공의 주변에서 끊임없이 태자를 비난하고 모함하도록 했습니다. 그렇게 헌공의 마음이 태자에게서 멀어지게 한 후 여희는 태자를 죽일 음모를 실행에 옮겼습니다. 독약을 넣은 술과 음식을 준비한 다음 교묘하게 말을 꾸며 태자 신생이 직접 헌공에게 올리도록 한 것입니다. 그러고는 헌공이 술과 음식을 먹으려고 하는 순간 달려들어 밖에서 들어온 음식은 반드시 시험해보아야 한다면서, 음식은 개에게 던져주고 술은 신분이 낮은 신하에게 마시게 했습니다. 독약을 넣은 술과 음식을 먹은 개와 신하는 당연히 그 자리에서 죽었습니다. 이 일이 있고 난 후 신생은 스승 이극의 간곡한 만류에도 불구하고 끝내 스스로 목숨을 끊고 맙니다.

하지만 여희는 태자 신생을 죽이는 데 만족하지 않았습니다. 그녀는 중이와 이오 역시 신생이 술과 음식에 독약을 넣어 헌공을 시해하려고 한 일을 알고 있었다는 모함을 해 죽이려고 했습니다. 그러나 이미 낌새를 눈치 챈 중이는 포성으로, 이오는 굴성으로 달아나버렸습니다. 그 후 죽음을 앞둔 헌공은 신하 순식에게 "여희의 아들인 해제로 하여금 자신의 뒤를 잇게 하라"는 유언을 남겼습니다.

그해 가을 헌공이 세상을 떠나자 해제는 제후의 자리에 올랐습니다. 그렇지만 해제는 헌공의 장례를 지내는 곳에서 태자 신생의 스승 이극의 손에 죽임을 당했습니다. 그 뒤를 이어 여희의 동생 소희가 낳은 아들인 탁자가 제후가 되었으나, 그 역시 이극에 의해 조정에서 살해당했습니다. 그럼 여희는 어떻게 되었을까요? 그녀 역시 죄를 받아 맞아서 죽는 비참한 최후를 피할 수 없었습니다.

이후 이극 등 진나라의 신하들은 서열에 따라 적나라에서 망명 중이던 중이를 데려와 제후의 자리를 이으려고 했습니다. 그러나 중이는 끝까지 제후의 자리를 사양했습니다. 이에 이극과 신하들은 양나라에서 망명 중이던 이오를 데려와 제후의 자리에 오르게 했습니다. 이오는 재위 15년 만에 세상을 떠났습니다. 그의 아들 어(圉)가 다음 자리를 물려받았지만 1년을 넘기지 못하고 살해당했습니다.

상황이 이렇게 되자, 진나라의 신하들은 마지막으로 남은 헌공의 아들인 중이를 다시 설득해 데리고 와서 제후의 자리에 오르게 했습니다. 중이가 바로 문공입니다. 결국 여희라는 한 여인의 말만 듣고 치우친 정치를 했던 헌공의 어리석음 때문에 진나라는 무려 5대에 걸쳐 난세의 비싼 대가를 치러야 했던 셈입니다.

그렇다면 헌공에게는 여희의 간악한 계략과 참언을 물리칠 기회가 전혀 없었던 것일까요? 아닙니다. 처음 헌공이 여융을 정벌할 때 점치는 자가 "참소가 재앙의 뿌리가 될 것입니다"라는 간언을 올리면서 애첩 여희에 대한 지나친 총애 때문에 그녀의 말만 듣게 되는 일을 경계하라고 경고한 적이 있습니다. 또한 여희가 태자 신생을 폐위시키려는 목적으로 계략을 꾸며서 모함을 할 때에도 태부 이극이 나서서 "나라의 근본인 태자를 지켜야 한다"는 간언을 마다하지 않았습니다. 그러나 헌공은 여희의 말만 들을 뿐 나라의 앞날을 걱정하는 충신들의 간언은 귀담아 듣지 않았습니다.

이렇듯 여러 사람의 의견은 무시한 채 총애하는 한 사람의 말만 들은 헌공의 어리석음이야말로 자식과 신하들 간에 서로 죽고 죽이는 살육전을 불러일으킨 근본 원인이었다고 하겠습니다.

한 사람의 말 혹은 한쪽, 한편의 말만 듣고 다른 사람의 말을 무시하면 반드시 치우친 마음을 갖게 되어 있습니다. 한 사람, 한쪽, 한편의 말만 지나치게 믿게 되면 다른 사람이 아무리 올바른 말을 해도 귀에 들어오지 않기 때문입니다. 이렇게 되면 사사로운 마음이 앞서 공정(公正)하고, 공평(公平)하고, 공명정대(公明正大)한 마음을 잃기 쉽습니다.

'치우치다'는 말이 균형을 잃고 한쪽으로 쏠리다는 뜻이라면, 그 반대말은 '중심을 잡다' 또는 '균형을 잡다' 정도가 될 것입니다. 균형을 잃지 않고 중심을 잡는 것을 가리켜 '중정(中正)'이라고 말합니다. 중정은 지나치지도 않고 모자라지도 않고 치우치지도 않으면서 곧고 올바르게 행동하는 것을 뜻합니다. 이때 가장 중요한 덕목은 한 사람 혹은 한쪽, 한편의 말과 의견에 치우지지 않아야 한다는 것입니다. 말과 의견을 달리하는 여러 사람 혹은 다른 쪽, 다른 편의 말과 의견도 경청해야만 공정하고 공평한 판단을 할 수 있고, 공명정대하게 행동할 수 있기 때문입니다.

善思明完益悔疑靜望盛警容安哭苦較勝智貧

고물혹손지이익 혹익지이손(故物或損之而益 或益之而損)
———

《노자 도덕경》에 있는 말로, "만물은 대체로 덜어내면 도리어 더해지고, 더하면 오히려 덜어내진다"라는 뜻입니다. 노자의 이 가르침에 따르면, 더하려면 덜어내야 합니다. 덜어내야 더 해지기 때문입니다. 채우려면 비워야 합니다. 비워야 채워지기 때문입니다. 따라서 일을 할 때나 사람을 대할 때나 항상 자신의 욕심을 가득 채워 만족을 구하려 하기보다는 오히려 모자람과 부족함의 여유를 남겨두는 것이 더 현명한 삶의 자세라 할 것입니다.

3부

善 思

明 完

고단한 삶 앞에
흔들리는 나 자신에 대하여

인간을 가장 인간답게 만드는 길

善 : 羊 + 口
착할 선   양양   입구

'착할 선(善)' 자는 '옳을 의(義)' 자처럼 '양(羊)'이라는 동물의 이미지에다가 '믿을 신(信)' 자처럼 사람의 입에서 나오는 말의 중요성을 합쳐서 만든 한자입니다. 이러한 사실은 '착할 선(善)'의 고자(古字), 즉 옛 글자 모양이 '양 양(羊)'에 '말씀 언(言)'이 두 개나 있는 '선(譱)'이라는 것만 보아도 쉽게 짐작할 수 있습니다.

말은 입에서 나옵니다. 그래서 '입 구(口)' 자를 취해 '착할 선'의 글자 모양이 '譱'에서 지금과 같은 '善'으로 바뀌었다고 하겠습니다. 여하튼 입(口)에서 나오는 말이 양(羊)처럼 온순하고 온화하며 순박하고 부드러운 사람을 나타내어 '착하다'라는 뜻의 '선(善)'이라는 한자가 만들어졌습니다.

인간이 태어날 때부터 갖고 있는 본성을 '착할 선(善)'으로 파악한 철학이 맹자의 '성선설(性善說)'입니다. 맹자는 인간의 본성은 선(善)하다고 보았습니다. 그리고 인간의 선한 본성은 인간이 짐승과 구별되는 점이라고 주장했습니다. 그렇다면 인간의 본성이 '선(善)하다는 것은 어떻게 증명할 수 있을까요? 맹자는 사단(四端), 즉 인간이 본래부터 지니고 있는 네 가지 마음과 사덕(四德), 곧 사람이 마땅히 갖추어야 할 네 가지 품성을 통해 인간의 본성이 선하다는 사실을 알 수 있다고 했습니다.

인간의 본성이 선(善)하다는 사실을 증명하는 네 가지 마음[四端] 중 첫 번째 마음은 '측은지심(惻隱之心)'입니다. 사람이라면 누구나 다른 사람을 불쌍히 여기는 측은한 마음이 있다는 것입니다. 두 번째 마음은 '수오지심(羞惡之心)'입니다. 사람이라면 누구나 자신의 잘못을 부끄럽게 생각하고 다른 사람의 옳지 못한 행동을 미워하는 마음이 있다는 것입니다. 세 번째 마음은 '공경지심(恭敬之心)'입니다. 사람이라면 누구나 윗사람과 어른을 공경하는 마음을 가지고 있다는 것입니다. 공경지심은 '사양지심(辭讓之心)'으로 바꿔 표현하기도 하는데, 사람이라면 누구나 양보하고 공경하는 마음을 지니고 있다는 뜻입니다. 네 번째 마음은 '시비지심(是非之心)'입니다. 사람이라면 누구나 무엇이 옳고 무엇이 그른지 가릴 줄 아는 마음을 지니고 있다는 것입니다.

맹자가 사단(四端)과 함께 인간의 본성이 선하다는 사실을 증명하는 네 가지 품성이라고 주장한 사덕(四德)의 첫 번째는 어짐과 사랑을 뜻하는 '인(仁)'입니다. 맹자는 다른 사람을 불쌍히 여기는 측은한 마음 곧 '측은지심'이 바로 '인(仁)'이라고 말합니다. 두 번째는 옳음과 의로움을 뜻하는 '의(義)'입니다. 자신의 잘못을 부끄럽게 생각하고 다른 사람의 옳지 못한 행동을 미워하는 마음, 곧 '수오지심'이 바로 '의(義)'입니다. 세 번째는 예의와 예절을 뜻하는 '예(禮)'입니다. 윗사람과 어른을 받들고 존경하는 마음 또는 다른 사람에게 양보하고 공경하는 마음, 곧 '공경지심 혹은 사양지심'이 바로 '예(禮)'입니다. 네 번째는 슬기와 지혜를 뜻하는 '지(智)'입니다. 맹자는 무엇이 옳고 무엇이 그른지 가릴 줄 아는 마음, 곧 '시비지심'이 바로 '지(智)'라고 말합니다.

맹자의 '성선설'은 유학의 인간 본성론이라고 할 만큼 중요한 학설입니다. 그런 의미에서 유학의 '인간학'을 말할 때 맨 앞자리에 자리하고 있는 한자가 '착할 선(善)'이라고 해도 과언이 아닙니다. '착할 선(善)'을 지니고 태어나서 '착할 선(善)'으로 생을 마치는 것, 이것이 바로 유학이 추구한 '사람다움(인간다움)의 길'이라고 하겠습니다.

마음 밭을 가꾸기 위한
아홉 가지 방법

思 : 田 + 心
생각할 사　밭 전　마음 심

마음 밭을 가꾼다는 뜻의 '심전경작(心田耕作)'이라는 말이 있습니다. 정성과 성실을 다해 밭을 일궈야 좋은 결실을 얻듯이 마음 밭을 잘 가꿔야 좋은 인생을 맺을 수 있다는 뜻입니다.

그런데 '마음 밭'이란 구체적으로 무엇을 말할까요? 그것은 '생각'입니다. 이와 같은 사실은 '마음 심(心)'과 '밭 전(田)'이 합쳐져 '생각할 사(思)'라는 한자가 만들어졌다는 점만 보아도 쉽게 알 수 있습니다.

서애 유성룡은 "생각이란 하늘이 나에게 내려준 보물"이라고 하면서 이렇게 말했습니다.

"생각할 사(思)는 '밭 전(田)' 밑에 '마음 심(心)'을 붙인 것이다. '밭 전(田)'은 갈아서 다스린다는 뜻이다. 농부가 잡초를 없애 좋은 질의 곡식을 내는 것처럼 마음 밭을 잘 갈아 다스리면, 이로부터 마음이 바르게 되고 뜻이 성실해져 사악한 잡념은 물러가고 하늘의 이치는 저절로 밝아지게 된다."

그러면서 공부란 오로지 '생각하는 것'을 중심에 두어야 한다고 역설했습니다. 만약 다섯 수레의 책을 줄줄 외우면서도 '생각하는 것'이 없다면, 정작 그 글의 뜻과 의미는 전혀 모르는 무지렁이의 신세를 면하기 어렵습니다. 공자의 말을 빌리면, 배우기만 하고 생각하지 않는다면 실제로 얻는 것이 없습니다. 맹자의 말을 빌리면, 생각하면 얻지만 생각하지 않으면 얻는 것이 없습니다. 또한 춘추시대 제나라 환공을 중국사 최초의 패자(覇者)로 만든 책사 관중은 생각의 중요성을 이렇게 말했습니다.

"생각하고 또 생각하라. 생각해서 통하지 않는 것은 장차 귀신이 통할 수 있도록 해준다. 이것은 귀신의 힘이 아니라 정성이 지극했기 때문이다."

그렇다면 생각할 때는 어떻게 해야 할까요? 여기에 대해서는 율곡이 《격몽요결(擊蒙要訣)》에서 밝힌 '구사(九思)', 즉 아홉 가지 생각법을 참조할 만합니다. 율곡은 구용(九容)을 통해서는 '얼굴가 짐', 곧 얼굴의 올바른 자세와 태도를 밝혀놓은 것처럼 구사(九思) 를 통해서는 '생각가짐' 곧 생각의 올바른 자세와 태도를 밝혀놓 았습니다.

첫 번째 생각법은 '시사명(視思明)'입니다. 볼 때는 밝고 바르게 보겠다고 생각합니다. 사물을 볼 때 생각을 가리지 않으면 밝아서 보이지 않는 것이 없습니다.

두 번째 생각법은 '청사총(聽思聰)'입니다. 들을 때는 소리의 참 뜻을 듣겠다고 생각합니다. 들을 때 생각에 막힘이 없으면 슬기롭 고 도리에 밝게 되어서 들리지 않는 것이 없습니다.

세 번째 생각법은 '색사온(色思溫)'입니다. 얼굴빛은 온화해야 한 다고 생각합니다. 안색을 온화하고 부드럽게 하고 삐치거나 분노 하는 기색이 없어야 합니다.

네 번째 생각법은 '모사공(貌思恭)'입니다. 용모는 단정하고 공손 해야 한다고 생각합니다. 자신의 태도가 단정하고 장중하지 않음 이 없도록 해야 합니다.

다섯 번째 생각법은 '언사충(言思忠)'입니다. 말은 진실하고 거짓 없이 하겠다고 생각합니다. 단 한마디 말이라도 충실하고 믿음이 있도록 해야 합니다.

여섯 번째 생각법은 '사사경(事思敬)'입니다. 모든 일을 공경하고 신중하게 하겠다고 생각합니다. 단 한 가지 일을 하더라도 늘 공경하고 삼가야 합니다.

일곱 번째 생각법은 '의사문(疑思問)'입니다. 의문이 일어나면 물어서 밝히겠다고 생각합니다. 마음속에 의심이 생겨나면 반드시 먼저 깨달음을 얻은 사람에게 물어야지 모르는 것을 그대로 두어서는 안 됩니다.

여덟 번째 생각법은 '분사난(忿思難)'입니다. 분노가 일어날 때는 화를 낸 다음에 돌아올 근심과 재앙을 생각합니다. 노여움은 이성으로 잘 다스려 스스로 견뎌낼 수 있어야 합니다.

아홉 번째 생각법은 '견득사의(見得思義)'입니다. 이로움을 마주해서는 의로움을 생각합니다. 재물을 대할 때는 반드시 이로움과 의로움을 밝게 분별해서 의로움에 맞으면 취하고 그렇지 않으면 취하지 말아야 합니다.

율곡이 밝힌 구사(九思)는 심전경작, 즉 마음 밭을 잘 가꾸는 구체적인 방법입니다. 이러한 방법을 따라 정성을 다해 자신의 마음 밭을 가꾼다면 어찌 좋은 결실을 맺지 못하겠습니까?

자기 눈으로
자기 눈썹을 볼 수는 없다

明 : 日 + 月

밝을 명   해 일   달 월

'밝을 명(明)' 자는 '해 일(日)'과 '달 월(月)'로 구성되어 있습니다. 온 천지를 밤낮으로 환하게 밝히는 해와 달이 합쳐져서 '밝다'는 뜻이 되었습니다. 이 책의 주제인 '인간의 도리'라는 관점에서 '밝을 명(明)' 자는 어떤 가치와 의미를 갖고 있을까요? 이에 대해서는 춘추전국시대 제자백가 중 법가(法家) 사상을 집대성한 사상가 한비자의 견해를 참고할 만합니다.

한비자는 '밝을 명(明)' 자에 담긴 의미를 '자견(自見)'이라고 풀이했습니다. '자견'은 곧 자신을 밝게 보는 것입니다. 이 말은 '목불견첩(目不見睫)'이라는 고사성어와 깊은 관련이 있습니다. '목불견첩'은 자신의 눈으로는 자신의 눈썹을 볼 수 없다는 뜻으로 해석할 수 있습니다. 여기에는 다른 사람의 허물은 잘 살피면서 자신의 허물은 알지 못하는 어리석음을 질타하는 의미가 담겨 있습니다.

중국 춘추시대 초나라 임금 장왕은 패자(覇者)의 지위에 오를 만큼 강대한 무력을 갖추고 있었습니다. 그가 이웃한 월나라를 정벌하려는 계획을 세우자 신하 두자가 물었습니다. "대왕께서는 왜 월나라를 정벌하려고 하십니까?"

이에 장왕은 월나라는 정치가 혼란스럽고 군사력이 약해서 쉽게 정벌할 수 있기 때문이라고 대답했습니다. 그러자 두자는 정색을 하며 이렇게 간언했습니다. "저는 사람의 지혜가 눈(目)과 같아서 항상 두려워하고 걱정합니다. 지금 우리 초나라에는 장교(莊蹻)가 안에서 도적질을 하고 있는데도 벼슬아치들은 금지하지 못하고 있습니다. 이것은 정치가 혼란스럽기 때문입니다. 정치가 혼란스러운 것으로 따지면 초나라가 월나라보다 더한데 월나라를 정벌하려고 하십니까? 이것이 바로 지혜가 눈과 같아서 제가 항상 두려워하고 걱정하는 이유입니다."

두자의 말을 듣고 난 장왕은 즉시 월나라를 정벌하려는 계획을 중단했습니다.

'목불견첩'이라는 고사성어는 두자의 말 "지지여목야(智之如目也) 능견백보지외이불능자견기첩(能見百步之外而不能自見其睫)", 즉 "사람의 지혜는 눈과 같아서 백 보 밖은 볼 수 있지만 자신의 눈썹은 볼 수 없다"는 데에서 유래하였습니다. 한비자는《한비자(韓非子)》〈유로(喩老)〉 편에서 초나라 장왕과 두자의 이야기를 비평하면서 "지지난(知之難) 부재견인(不在見人) 재자견(在自見)"이라고 말했습니다. "안다는 것의 어려움은 다른 사람을 보는 데 있지 않고 자신을 보는 데 있다"라는 뜻입니다.

한비자의 말은 노자의 "자견지위명(自見之爲明)", 곧 "자신을 보는 것이야말로 밝은 것이다"는 말에 연원을 두고 있습니다. 천하의 밝은 것 가운데 '자신을 보는 것'보다 더 밝은 것은 없다는 뜻입니다. 자신을 볼 줄 아는 사람은 세상 모든 것을 꿰뚫어볼 수 있습니다. 어떻게 그렇게 할 수 있을까요? 그 사람은 육안(肉眼), 즉 '육신의 눈'이 아니라 심안(心眼), 즉 '마음의 눈'으로 보기 때문입니다.

육신의 눈으로는 절대로 자신의 눈썹을 볼 수 없습니다. 하지만 마음의 눈으로는 자신의 눈썹을 볼 수 있습니다. '밝을 명(明)' 자와 같이 밝게 보기 위해서는 반드시 마음의 눈으로 봐야 하는 이치가 바로 여기에 있습니다.

완전함을 좇지 말고
불완전함을 긍정하라

完 : 宀 + 元

완전할 완　집 면　으뜸 원

'완전할 완(完)' 자는 '집 면(宀)'과 '으뜸 원(元)'으로 구성되어 있는 한자입니다. '으뜸 원(元)'은 '위 상(上)'의 옛글자인 '두 이(二)'와 사람의 다리 모양을 본떠 만든 '어진 사람 인(儿)'을 합쳐서 만든 글자로, '으뜸'이라는 뜻 말고도 사람의 '머리'라는 뜻을 갖고 있습니다.

이렇게 보면 '완전할 완(完)' 자는 '사람의 머리(元)'를 '집(宀)'이 둘러싸서 보호하고 있는 모양을 하고 있습니다. 다시 말해 사람의 몸 가운데 가장 중요한 머리를 둘러싸고 보호하는 집은 어떤 빈틈이나 결점 없이 완전무결해야 한다고 해서 '완전하다'는 뜻이 되었다고 볼 수 있습니다.

'완전하다'는 말의 뜻이 나쁘다고 생각하는 사람은 없을 것입니다. 오히려 사람들은 완전하기를 추구하고 갈망합니다. 어떤 경우에는 완전하기를 강요합니다. '완전하다'를 목표로 삼은 사람도 많습니다. 그런 의미에서 보자면 완전하다는 말은 나쁜 말이 아니라 오히려 좋은 말에 가깝습니다. 하지만 '완전하다'는 말은 나쁜 말은 아니지만 좋은 말도 아닙니다. 왜 좋은 말이 아닐까요? 세상에 완전한 것은 존재하지 않기 때문입니다.

　'완전하다'는 잡으려고 해도 잡을 수 없는 무지개나 신기루와 같은 존재입니다. 오히려 세상에 완전한 것이 존재하지 않는 것처럼 사람도 완전할 수 없다는 것을 받아들이고 인정하는 게 훨씬 현명합니다. 존재하지도 않고 존재할 수도 없는 '완전'을 추구하다가 자신의 '완전하지 못함'에 실망하거나 좌절하거나 포기하는 것은 어리석은 일이기 때문입니다.

　'완전하다'와 비슷한 말로 '완벽하다'가 있습니다. 한자로 옮기면 '完璧'입니다. '완벽'은 글자 뜻 그대로 완전히 둥근 벽옥(碧玉)으로, '흠이나 결함이 없는 완전한 상태'를 가리킵니다. '완벽'이라는 한자성어는 《사기》〈염파·인상여열전(廉頗藺相如列傳)〉에 나오는 '화씨지벽(和氏之璧)'에서 유래한 말입니다. 이 벽옥은 조(趙)나라와 진(秦)나라의 임금이 나라의 운명을 내걸고 서로 차지하려고 할 만큼 천하에 하나밖에 없는 희귀한 보물입니다.

고사를 통해 깨달을 수 있는 것은 '완벽'이란 현실 세계에서는 하나 있을까 말까 할 만큼 희귀한 일이고, 실제는 세상에 존재하는 그 어떤 것도 한 가지 흠과 티 또는 결점과 결함을 갖고 있다는 것입니다. 그래서 지혜롭고 현명한 사람은 '완전'과 '완벽'을 추구하다가 오히려 자신의 삶을 망가뜨리기보다는 '불완전'과 '불완벽'을 긍정적으로 받아들이라고 말하고 있습니다. 예를 들어《회남자(淮南子)》〈설림(說林)〉 편에서는 다음과 같이 말합니다.

　"쥐구멍을 파헤쳐서 쥐를 잡으려고 하다가 마을 문을 무너뜨리기도 하고, 작은 여드름을 짜다가 큰 종기로 발전하기도 한다. 이러한 일은 마치 진주에 흠이 있고 옥에 티가 있다고 해도 그냥 놔두면 온전한데, 오히려 그 흠과 티를 없애려고 하다가 진주와 옥을 망가뜨리는 일과 비슷하다."

　더욱이《사기》〈귀책열전(龜策列傳)〉을 읽어보면, 만물의 본성은 '완전과 완벽'이 아니라 '불완전과 불완벽'이라고 말합니다.

　"황금에도 흠이 나고 백옥에도 티가 생긴다. 일 가운데에는 빨리 해야 할 일도 있지만 서서히 해야 할 일도 있다. 사물 가운데에는 단점에 얽매이는 경우도 있지만 장점에 의지하는 경우도 있다. 그물 중에는 빈틈없이 촘촘한 그물도 있지만 듬성듬성 사이가 뜬

성긴 그물도 있다. 사람 역시 마찬가지다. 사람에게는 장점도 있고 단점도 있다. 어떻게 일마다 모두 옳을 수 있으며, 사물 역시 완전할 수 있겠는가? 하늘도 오히려 완전하지 못하다. 세상에서 집을 지을 때 세 장 모자라게 지붕의 기와를 덮는 까닭은 무엇인가? 그것은 하늘이 완전하지 못한 데 맞추어 모든 일에서 완전을 추구하지 않기 때문이다. 만물은 완전하지 못한 채로 세상에 나온다."

만물은 완전하지 못한 채로 세상에 나오기 때문에 불완전과 불완벽은 자연스러운 일이라는 얘기입니다. 만물의 일부에 불과한 사람 역시 마찬가지입니다. 그러므로 '불완전과 불완벽'을 부정하며 '완전과 완벽'을 추구하는 것은 만물의 이치나 자연의 순리를 거스르는 어리석은 일일 뿐입니다. 사람은 모두 불완전하고 불완벽한 존재로 태어나서, 불완전하고 불완벽한 존재로 살다가, 불완전하고 불완벽한 존재로 다시 자연으로 돌아갑니다.

따라서 '완전과 완벽'의 기준과 목표를 설정해놓고 결코 완전하고 완벽할 수 없는 삶을 추구하는 것은 실현 불가능한 것을 실현하려고 발버둥치는 어리석은 짓에 불과합니다. 오히려 사람은 누구도 완전하고 완벽한 존재가 될 수 없다는 사실을 받아들이고 불완전하고 불완벽한 자신조차도 긍정하면서 '자기답게 사는 것'이 훨씬 더 지혜롭고 현명한 삶이라고 하겠습니다.

모자람을 넉넉함이라
생각할 수 있는 여유

益 : 水 + 皿
더할 익   물 수   그릇 명

'더할 익(益)'은 '물 수(水)'와 '그릇 명(皿)'으로 구성되어 있는 한 자입니다. 여기에서 '물 수(水)'는 옆으로 누워 있는 모양새인데, 바로 그릇 위로 물이 가득 차 넘치는 모습을 표현했다는 사실을 쉽게 알 수 있습니다. 이렇듯 '익(益)' 자는 그릇 위로 물이 넘치고 있는 모양을 취하고 있어서 '더하다'는 뜻을 갖게 되었습니다.

그런데 이미 그릇에 물이 가득 차 있는데 더한들 무슨 소용이 있겠습니까? 아무리 더한다고 해도 그릇에 담지 못하고 밖으로 흘러넘칠 뿐입니다. 이러한 까닭에 《주역》〈잡괘전(雜卦傳)〉의 '손괘(損卦)'와 '익괘(益卦)'에서는 "익(益 : 더함)이 궁극에 이르면 손(損 : 덜어냄)이 되고, 손(損)이 궁극에 이르면 익(益)이 된다"라고 말하고 있습니다.

예를 들어 그릇에 물이 가득 차 있을 경우 아무리 물을 부어도 밖으로 흘러넘치기 때문에 '더함(益)'이 아니라 '덜어냄(損)'이 될 뿐입니다. 반대로 그릇에 물을 전부 '덜어낼(損)' 경우 물을 부으면 붓는 만큼 '더함(益)'이 됩니다. 그런 의미에서 가득 차면 모자라게 되고, 모자라면 가득 차게 된다고 하겠습니다. 또한 가득 참은 모자람의 발단이고, 모자람은 가득 참의 발단이 된다고 하겠습니다.

이러한 익(益)과 손(損)이 사람과 사람 사이의 관계에서 시사하는 점은 무엇일까요? 이에 대해서는 《노자 도덕경(老子道德經)》의 가르침을 참고할 만합니다.

"만물은 대체로 덜어내면 도리어 더해지고, 더하면 오히려 덜어내진다."

노자의 가르침을 따르면 더하려면 덜어내야 합니다. 덜어내야 더해지기 때문입니다. 채우려면 비워야 합니다. 비워야 채워지기 때문입니다. 따라서 무엇인가를 얻고자 한다면 역설적이게도 욕심을 더하여 채우려 하지 말고 도리어 욕심을 덜어내 비우려고 해야 합니다. 예를 들어 인간관계에서 지나치게 자기 욕심을 챙기면 당장은 이익이 되는 것처럼 보이지만 결국에는 손해를 보게 됩니다. 자기 욕심을 챙기는 사람에게 한두 번은 몰라도 계속 양보하는 사람은 없기 때문입니다. 또한 자기 욕심을 챙기는 사람을 도와주는 사람은 없기 때문입니다. 그래서 자기 욕심을 챙기는 사람은 우환과 재앙을 입기 쉽습니다.

반대로 다른 사람에게 양보하면 당장에는 손해가 되는 것처럼 보이지만 결국에는 이익을 보게 됩니다. 양보하는 사람에게는 반드시 도와주는 사람이 있기 때문입니다. 그래서 공자는 "덕(德)은 외롭지 않다. 사방에 이웃이 있기 때문이다"라고 말했습니다. 덕을 베풀면 그 사람을 도우려는 사람이 사방에 있으므로 결코 우환이나 재앙을 입지 않는다는 뜻입니다.

이러한 까닭에서일까요? 《채근담》에서도 모든 일에서 모자람의 여유를 남겨 둔다면 우환을 피할 수 있는 반면, 하는 일마다 자신의 욕심을 가득 채우려고 한다면 반드시 재앙을 불러들이게 된다고 경고하고 있습니다.

"하는 일마다 자신의 뜻과 생각을 다하지 않고 여유를 남겨둔다면 조물주도 나를 해롭게 할 수 없고 귀신도 나를 해치지 못한다. 하지만 만약 하는 일마다 만족을 구하여 반드시 가득 채우려고 하는 사람은 안에서부터 변고가 일어나거나 그렇지 않으면 반드시 바깥으로부터 재앙을 불러들이게 될 것이다."

　여기《채근담》의 경고는 모자라면 얻게 되지만 가득 차면 잃게 된다는《주역》의 '익괘(益卦)'와 '손괘(損卦)'의 이치와 일맥상통합니다. 그러므로 일을 할 때나 사람을 대할 때나 항상 자신의 욕심을 가득 채워 만족을 구하려고 하기보다는 오히려 모자람과 부족함의 여유를 남겨두는 것이 더 현명한 태도와 자세일 것입니다.

똑같은 실수를
반복하지 않으려면

悔 : 心 + 每

뉘우칠 회   마음 심   매양 매

'뉘우칠 회(悔)'는 '마음 심(心)'과 '매양 매(每)'로 구성되어 있는 한자입니다. 그런데 '마음 심'과 '매양 매'가 합쳐져 어떻게 '뉘우치다'는 뜻을 갖게 되었을까요? 여기에서 '매(每)'는 '매양'이라는 뜻 외에 '걸리다'라는 뜻이 있는데, 이 때문에 '심(心)'의 뜻과 합쳐져 '어떤 것이 매양(항상) 마음에 걸리다'라고 해서 '뉘우치다'는 의미를 지니게 되었다고 합니다.

사람이 살아가는 데 '뉘우칠 회(悔)'에 새겨져 있는 의미를 살펴보려고 할 때, 반드시 참고해야만 할 글이 있습니다. 바로 정약용이 자신의 둘째형인 정약전에게 써준 〈매심재기(每心齋記)〉입니다.

정약전은 자신의 당호를 '매심재(每心齋)'라고 지은 다음, "매심(每心)이란 '뉘우칠 회(悔)'다. 나는 뉘우침이 많은 사람이다. 항상 마음에 뉘우침을 새기고 있는 사람이기 때문에 당호를 이렇게 지었다"라고 했습니다. 그러면서 막냇동생인 정약용에게 '매심재'에 대한 글을 한 편 써달라고 했습니다.

〈매심재기〉에서 정약용은 사람이 제아무리 빼어난 지혜를 지니고 있다고 해도 실수와 잘못이 없을 수 없기 때문에, 성인(聖人)이 되느냐 또는 광인(狂人)이 되느냐의 차이는 자신이 저지른 실수와 잘못을 뉘우치느냐 혹은 뉘우치지 않느냐에 따라 달라질 뿐이라고 말합니다. 이때 정약용이 예로 언급하는 인물이 탕왕을 도와 하나라의 폭군 걸왕을 정벌하고 상나라(은나라)를 세우는 데 일등공신 역할을 한 현인(賢人) 이윤입니다.

이윤은 "광인이라도 지극히 생각한다면 성인이 될 수 있고, 성인이라도 생각하지 않는다면 광인이 될 수 있다"고 말했습니다. 정약용은 이윤의 '생각한다는 말'은 곧 '뉘우친다는 말'을 뜻한다고 했습니다. 정약용이 이윤과 더불어 언급하는 또 다른 인물은 공자입니다. 공자는 "주나라의 어진 사람인 주공처럼 훌륭한 재질을 지녔다고 해도 교만하고 인색하다면, 다른 것은 볼 가치조차 없다"라고 말했습니다. 정약용은 공자의 "교만하고 인색하다"는 말은 곧 '뉘우치지 않는다'를 뜻한다고 했습니다.

'부끄러울 치(恥)' 자도 마찬가지입니다. 명나라 말기 학자 원료범은 "사람이 잘못을 고치려면 가장 먼저 부끄러워하는 마음이 있어야 한다"라는 말을 언급했습니다. 그런데 만약 이 '부끄러움' 외에 한 가지가 더 추가된다면 어떠한 사람도 자신의 실수와 허물과 잘못을 반드시 고칠 수 있습니다. 그것은 바로 '뉘우침'입니다. 자신의 잘못과 실수와 허물을 부끄러워하는 것으로도 모자라서 뉘우치기까지 하는데, 어떻게 그 잘못과 실수와 허물이 고쳐지지 않겠습니까?

이러한 까닭에 정약용은 같은 잘못을 두 번 다시 저지르지 않았던 공자의 수제자 안연과 자신의 잘못을 다른 사람에게 듣는 것을 좋아했던 공자의 제자 자로의 사례를 언급하면서, 이들이 잘못을 반복하지 않고 또한 반드시 고칠 수 있었던 까닭은 오직 진실로 뉘우쳤기 때문이라고 했습니다. 진실로 뉘우친다면 잘못은 절대로 허물이 될 수 없기 때문입니다.

더불어 정약용은 뉘우치는 일에도 차이가 있다고 하면서, 만약 작은 잘못이라면 조금 뉘우치고 잊어버려도 괜찮다고 했습니다. 작은 잘못은 쉽게 고칠 수 있기 때문입니다. 하지만 큰 잘못이라면 고친 다음에라도 매일같이 뉘우쳐야 한다고 했습니다. 큰 잘못은 쉽게 고쳐지지 않기 때문입니다.

뉘우침은 마치 분뇨가 곡식의 싹을 키우는 거름이 되는 것처럼 마음의 싹을 길러주는 자양분의 역할을 합니다. 분뇨는 비록 썩은 오물이지만 곡식을 길러 좋은 양식을 만듭니다. 마찬가지 이치로 비록 더러운 죄와 잘못을 저질렀다고 해도 뉘우치고 고친다면 좋은 덕성을 지닌 사람이 될 수 있습니다. 분뇨가 좋은 양식을 만들 듯이 뉘우침은 좋은 사람을 만들어주기 때문입니다.

내 발밑을 불편하게 하는 것은
칼인가, 화살인가, 의심하는 마음인가

疑 : 匕 + 矢 + 予 + 疋

의심할 의   비수 비   화살 시   나 여   발 소

'의심할 의(疑)' 자는 매우 복잡하게 만들어진 한자입니다. 한자가 지금의 모양을 갖출 때까지 변화해온 과정 역시 간단하지 않아, 이 글자의 뜻과 의미에 대해서도 여러 가지 의견이 분분합니다. 하지만 필자의 견해로는, '비수 비(匕)'와 '화살 시(矢)'와 '나 여(予)'와 '발 소(疋)'가 합쳐진 한자로 보는 게 가장 타당합니다. 그래서 사람이 자신의 발아래 있는 것이 비수인지 화살인지 분간하기 어려워 어떻게 해야 할지 생각한다고 해서 '의심하다'는 뜻이 되었다고 볼 수 있습니다.

어쨌든 한번 의심을 품게 되면 그 의심은 다시 의심을 낳고 또

다시 의심을 낳아 돌이킬 수 없는 경우가 되기 쉽습니다.《열자(列子)》〈설부(說符)〉 편에 나오는 '의심암귀(疑心暗鬼)'는 의심이 얼마나 무서운 것인가를 경고하는 고사성어입니다. 의심이 생기면 있지도 않은 귀신이 나온다는 뜻의 '의심암귀'는 사람이 한 번 의심하는 마음을 품게 되면 세상 모든 것이 의심스럽게 보인다는 의미를 담고 있습니다.

옛날 어떤 사람이 소중하게 여기는 도끼를 잃어버렸습니다. 그 사람은 자신의 도끼를 훔쳐 간 사람이 다름 아닌 이웃집 아들이라고 의심했습니다. 그렇게 한번 그 이웃집 아들을 의심하자, 그의 모든 행동이 도끼를 훔쳐 간 도둑놈처럼 보였습니다. 걸음걸이를 보아도 도끼를 훔쳐 간 도둑놈의 걸음걸이로 보이고, 얼굴빛을 보아도 도끼를 훔쳐 간 도둑놈의 낯빛으로 보였습니다. 말투를 보아도 도끼를 훔쳐간 도둑놈의 말투로 보이고, 동작과 태도 역시 도끼를 훔쳐 간 도둑놈의 동작과 태도로 보였습니다. 이 때문에 도끼를 잃어버린 사람은 점점 더 이웃집 아들이 도끼를 훔쳐 갔다고 확신하게 되었습니다.

그런데 며칠이 지난 후 골짜기를 파다가 잃어버렸다고 생각한 도끼를 찾았습니다. 다음 날 다시 이웃집 아들을 보니 걸음걸이도 도둑놈 같지 않고, 얼굴빛도 도둑놈 같지 않고, 말투도 도둑놈 같지 않고, 동작과 태도 역시 도둑놈 같지 않았습니다. 도끼를 훔쳤다고 의심할 때는 도둑놈으로만 보였던 모든 행동이 도끼를 찾은 후에는 그저 보통 사람의 상식적인 행동으로 보였습니다.

춘추전국시대 제자백가 사상가인 한비자의 저서 《한비자》〈세난(說難)〉 편에도 이와 비슷한 이야기가 실려 있습니다.

춘추시대 송(宋)나라에 큰 부자가 살고 있었습니다. 어느 날 큰 비가 내려 그 부자의 집 담장이 허물어졌습니다. 그 모습을 지켜본 부자의 아들이 무너진 담장을 다시 쌓지 않으면 도둑이 들 것이라면서 담장을 쌓자고 했습니다. 이때 이웃집에 사는 노인도 똑같은 말로 부자에게 충고를 했습니다. 그런데 밤이 되어 부자의 아들과 이웃집 노인의 말대로 도둑이 들어서 많은 재물을 잃어버리는 일이 일어났습니다. 그런데 부자는 자신의 아들은 아주 지혜롭다고 칭찬한 반면, 이웃집 노인에 대해서는 수상하게 여겨 의심했습니다. 부자의 아들과 이웃집 노인의 말은 모두 옳았는데, 한쪽은 앞날을 내다본 지혜를 지녔다고 칭찬을 받았지만 다른 한쪽은 오히려 재물을 훔친 도둑일지도 모른다는 의심을 받았습니다.

이렇듯 '의심'이란 사람의 눈을 가려서 있지도 않은 일을 마치 있는 일처럼 스스로 만들어내고, 또한 마음을 가려서 일어나지도 않은 일을 마치 일어난 일처럼 스스로 만들어내게 합니다. 더욱이 의심에 집착하게 되면 편견과 왜곡에 사로잡히게 되어 정상적인 사고 능력과 올바른 판단 능력을 잃어버리게 됩니다.

그렇다면 어떻게 해야 이러한 '의심의 함정'으로부터 자유로울 수 있을까요? 사람이 사람인 이상 '의심'으로부터 자유로울 수는 없습니다. '의심'이란 불완전한 존재인 사람이 태어날 때부터 지니고 있는 어두운 본성 중의 하나라고 할 수 있기 때문입니다. 단 '의심'으로부터 벗어날 수 있는 방법은 있습니다. 사람을 대할 때 '믿음'으로 대하고 '의심'을 품지 않은 것이 가장 좋은 방법입니다.

하지만 만약 '의심'을 품게 되었다면 의심을 자꾸 키우기보다는 과감하게 의심을 끊어버리거나 혹은 의심을 '의심'해보는 것입니다. '의심'을 의심하게 되면, 무엇이 '의심'이고 무엇이 '사실'인지를 구분할 수 있기 때문입니다. 이렇게 하면 최소한 의심이 의심을 낳고 다시 의심을 낳는 '의심의 함정' 혹은 '의심의 악순환'으로부터 벗어날 수 있습니다.

혼탁하고 시끄러운 세상에서 고요하게 살아가는 법

靜 : 青 + 爭
고요할 정 푸를 청 다툴 쟁

'고요할 정(靜)'은 '푸를 청(青)'과 '다툴 쟁(爭)'으로 이루어진 한 자입니다. '청(青)'은 '맑을 청(淸)'에서 획이 생략된 것으로 보아 '맑다'는 의미로 읽습니다. 즉 다툼(爭)이 맑게(青) 해결되어 잠잠해 졌다고 해서 '고요하다'는 뜻이 된 것입니다.

《논어》〈옹야(雍也)〉 편을 읽어보면 공자는 어진 사람을 '고요한 사람'으로 보았다는 사실을 알 수 있습니다. 공자는 다음과 같이 말했습니다. "지자요수(智者樂水) 인자요산(仁者樂山) 지자동(智者動) 인자정(仁者靜) 지자락(智者樂) 인자수(仁者壽)." 풀이하면 "지혜로운 사람은 물을 좋아하고, 어진 사람은 산을 좋아한다. 지혜로운 사람은 물같이 움직이고, 어진 사람은 산과 같이 고요하다. 그래서 지혜로운 사람은 즐겁게 살고, 어진 사람은 오래 산다"는 뜻이 됩니다.

그런데 왜 지혜로운 사람은 물을 좋아한다고 했을까요? 지혜로운 사람은 대개 사물의 이치에 통달한 사람입니다. 그런 까닭에 지혜로운 사람은 마치 물이 흐르듯 막힘이 없습니다. 그래서 공자는 지혜로운 사람은 물을 좋아하는 사람이라고 말한 것입니다.

아울러 지혜로운 사람은 학문과 지식을 탐구하는 일을 좋아합니다. 그래서 지혜로운 사람은 학문과 지식에 대한 끝없는 욕구와 호기심으로 인해 마치 물같이 여기에서 저기로 활발하게 움직입니다. 이 때문에 공자는 지혜로운 사람은 즐겁게 산다고 말한 것입니다.

그렇다면 어진 사람은 왜 산을 좋아할까요? 어진 사람은 인정(人情)과 의리(義理)에 밝은 사람입니다. 어진 사람은 모든 것을 포용하고 용납합니다. 사람들은 어진 사람을 가리켜서 후덕(厚德) 즉 덕이 두텁고 후한 사람이라 하고, 중후(重厚) 곧 태도가 점잖고 마음씨가 너그러운 사람이라고 말합니다.

어진 사람은 후덕하고 중후하기 때문에 대개 권세나 출세 또는 명예와 이익을 쫓아 이리저리 휩쓸려 다니지 않습니다. 그래서 어진 사람은 움직이지 않는 산과 비슷합니다. 이 때문에 공자는 어진 사람은 산을 좋아한다고 말한 것입니다.

또한 어진 사람은 성격이 산과 같이 고요해서 경거망동(輕擧妄動)하지 않습니다. 그래서 오래 삽니다. 권세와 출세 또는 명예와 이익을 쫓아다니면 행여 그것을 얻지 못할까 봐 전전긍긍하느라 몸을 상하게 하고 마음을 해치게 됩니다. 더욱이 재물과 권력의 부침(浮沈)에 따라 불행을 당하고 재앙을 입기 쉽습니다. 이 때문에 병을 얻고 심지어 목숨까지 잃게 됩니다. 어진 사람은 이러한 것들로부터 벗어나 사는 까닭에 오래도록 건강한 삶을 유지할 수 있습니다.

　어진 사람은 오직 자신의 인덕(仁德)을 갈고닦는 데 열중하는 사람입니다. 권력과 출세 또는 명예와 이익을 얻지 못할까 봐 전전긍긍하느라 자신을 괴롭히지 않습니다. 또한 어진 사람은 권력과 출세 또는 명예와 이익을 두고 다른 사람과 다투지 않습니다. 어진 사람은 어느 누구도 비난하거나 원망하지 않기에 다른 사람 역시 그를 비난하거나 원망하지 않습니다. 그렇기 때문에 어진 사람은 자신은 물론 다른 사람과도 다투지 않습니다. 그런 점에서 어진 사람은 '고요한' 사람입니다.

　만약 권력과 출세 그리고 명예와 이익을 다투는 혼탁한 세상으로부터 벗어나 고요하게 살고 싶다면 ― 조용하고 한적한 곳을 찾아 들어갈 것이 아니라 ― '어진' 성품을 기르는 것이 가장 좋은 방법일 것입니다.

희망에 의지하지 않고,
절망에도 좌절하지 않으며

望	:	亡	+	月	+	壬
바랄 망		도망할 망		달 월		우뚝-설 정

바라다는 뜻의 '망(望)' 자는 '도망할 망(亡)'과 '달 월(月)'과 '우뚝 설 정(壬)'으로 구성되어 있는 한자입니다. 이 한자는 도망간, 즉 '떠나간(亡)' 님을 그리워하며 '우두커니 서서(壬)' '달(月)'을 바라보고 있는 사람의 모습을 나타내고 있다고 해서 '바라다'는 뜻이 되었습니다. '바랄 망(望)' 자를 보고 있으면 누구나 쉽게 떠올릴 수 있는 한자 단어가 '희망(希望)'과 '절망(絶望)'입니다. 희망에서 '희(希)'는 '망(望)'과 같이 '바라다'는 뜻을 갖고 있습니다.

'바랄 희(希)' 자는 '헤아릴 효(爻)'와 '수건 건(巾)'으로 이루어져 있습니다. 여기에서 '효(爻)'는 실이 서로 엇갈려 무늬를 이루고 있는 모습을 나타내는데, 이러한 무늬가 있는 '천(巾)'은 귀해 누구나 갖고 싶어 한다고 해서, '효(爻)'와 '건(巾)'을 합친 '희(希)' 자가 '바라다'는 뜻이 되었다고 합니다.

'바라다'는 뜻을 가진 한자가 두 개나 결합된 단어인 만큼 '희망(希望)'은 '어떤 일이 이루어지기를 바라고 또 바라는 간절한 마음'을 의미한다고 하겠습니다. 반면 절망에서 '절(絶)'은 '끊다'는 뜻을 갖고 있는데, '실 사(糸)'와 '칼 도(刀)'와 '마디 절(巴 = 卩)'로 구성되어 있는 한자입니다. '실(糸)'의 '매듭진(巴)' 부분을 '칼(刀)'로 자른다고 해서 '끊다'는 뜻이 되었습니다. 이렇듯 바라는 것을 끊어버리는 것이 '절망'입니다. 모든 희망을 끊어버려 더 이상 바라는 것이 없게 되는 상태가 바로 '절망'입니다.

이렇듯 희망과 절망은 완전히 상반되는 뜻을 갖고 있습니다. 이 때문에 사람은 누구나 '희망'을 가까이하고 싶어 하는 만큼 '절망'을 멀리하고 싶어 합니다. 그런데 조금만 다르게 생각해보면, 희망과 절망은 동전의 앞면과 뒷면 같은 존재라는 사실을 깨우칠 수 있습니다. 희망 속에는 절망이 존재하고 있고, 절망 속에는 희망이 존재하고 있기 때문입니다. 살다보면 희망이 절망으로 바뀌고, 절망이 희망으로 바뀌는 경우를 자주 목격하거나 경험하게 됩니다. 이러한 까닭에 루쉰은 "희망이 허망(虛妄)한 것처럼 절망도 허망한 것"이라고 했습니다. 희망도 실체가 없고 절망도 실체가 없기 때문에 희망에 의지할 필요도 없고 절망에 좌절할 필요도 없다는 얘기입니다. 단지 자신에게 의지하여 현실에 충실한 삶을 살면 된다는 뜻입니다. 루쉰이 소설가가 된 이유를 보면, 그가 생각한 희망과 절망의 관계를 더욱 확실히 알 수 있습니다. 루쉰은 이렇게 말하고 있습니다.

"다만 나(루쉰)는 이렇게 말했다. '가령 철로 만든 방 한 칸이 있다고 하자. 이 방은 창문도 없이 바깥과 단절되어 있고 깨뜨리기도 어렵다. 그런데 방 안에는 수많은 사람들이 깊이 잠들어 있다. 얼마 지나지 않아 모두 질식해 죽게 될 것이다. 하지만 깊은 잠에 빠져 의식이 없기 때문에 죽음이 다가오고 있다는 비애 따위는 느끼지 못할 것이다.

지금 자네가 크게 소리쳐서 그 가운데 몇몇 사람을 깨운다고 하자. 그렇게 되면 놀라 깨어나 정신을 차린 몇몇 사람은 불행하게도 아무런 도움을 받지 못한 채 죽음을 맞게 되는 고통을 감수해야 한다. 자네는 오히려 그들에게 죄를 지었다는 생각이 들지 않겠는가?' '그러나 몇몇 사람이라도 잠에서 깨어날 수 있다면, 자네가 말한 것처럼 철로 된 방을 깨뜨릴 희망이 절대 없다고 말할 수는 없지 않겠나.' 맞다. 나는 비록 확고한 신념이 있었지만, 희망을 말하는 데 이르러서는 차마 그것을 아주 무시하거나 꺾어버릴 수는 없었다. 희망이란 다가올 미래에 속하는 문제이기도 하거니와 희망은 절대 없다는 나의 확신을 증명할 수도 없기 때문이다. 그래서 미래에 희망이 있다는 그의 말을 꺾지 못했다. 그렇게 되어서 결국 나도 그에게 글을 한번 써보겠다고 대답했다. 이것이 곧 내가 쓴 최초의 소설《광인일기》다."

    루쉰은 절망을 깨뜨릴 수 있다는 희망을 품고 소설가가 되지 않았습니다. 그는 자신이 쓴 소설로 절망뿐인 현실이 깨질 수 있다는 희망도 품지 않았습니다. 단지 절망뿐인 현실 속에서 자신이 할 수 있는 일 또는 해야 할 일이 소설을 쓰는 것이라고 생각했기에 소설을 쓴 것입니다.

    루쉰은 그저 스스로의 힘에 의지하여 자신이 해야 할 일을 했기 때문에 역설적으로 모든 사람들에게 절망을 깨뜨리고 희망을 찾아나가는 실질적인 방법을 보여주었습니다. 희망에 의지하지도 말고 절망에 좌절하지도 말며 오로지 자신에게 의지하여 현실을 헤쳐 나가라는 것, 그것이 바로 루쉰이 우리에게 전하는 메시지입니다.

가장 평안할 때
가장 큰 위태로움을 헤아리다

盛 : 成 + 皿

성할 성   이룰 성   그릇 명

'성할 성(盛)' 자는 '이룰 성(成)'과 '그릇 명(皿)'으로 구성되어 있는 한자입니다. 이 글자는 그릇에 음식을 가득하게 담아놓은 모습을 나타내고 있는데, 이 때문에 '성하다, 성대하다, 무성하다' 혹은 '담다'는 뜻이 되었습니다. '성(盛)'과 반대되는 뜻의 한자는 '쇠할 쇠(衰)'입니다. 성(盛)과 '쇠(衰)'는 마치 그림자와 메아리처럼 떼려야 뗄 수 없는 관계입니다. 융성하면 반드시 쇠퇴하게 되고, 쇠퇴하면 다시 융성하게 되기 때문입니다.

인간사와 세상의 이치 역시 여기에서 벗어나지 않습니다. 그 어떤 것도 영원히 융성하거나 쇠퇴할 수 없습니다. 이러한 이치를 가장 잘 보여주는 것이 바로 '역사'입니다. 그래서 예부터 많은 사람들이 흥망성쇠의 이치를 깨우치기 위해서는 역사를 배우고 익혀야 한다고 강조했습니다. 역사를 배우고 익히다 보면 개인이든 사회든 조직이든 국가든 흥망성쇠의 이치를 결코 비껴갈 수 없다는 사실을 알게 됩니다.

모든 역사서가 흥망성쇠의 이치를 보여준다고 할 수 있지만, 그중에서도 단연 돋보이는 책은 사마천이 지은 《사기》입니다. 그런데 만약 누군가 《사기》 가운데 인간의 흥망성쇠를 가장 잘 보여주고 있는 작품이 무엇이냐고 묻는다면 필자는 한 치의 망설임도 없이 〈이사열전(李斯列傳)〉이라고 답변하겠습니다. 〈이사열전〉만큼 한 인간의 드라마틱한 성공과 드라마틱한 몰락을 완벽하게 그린 작품을 찾기가 쉽지 않기 때문입니다. 특히 이사가 흥망성쇠의 갈림길을 만날 때마다 내뱉은 다섯 번에 걸친 탄식은 "모든 사물은 융성하면 반드시 쇠퇴하게 마련이다"라는 이치를 깨닫게 해줍니다.

먼저 이사의 융성부터 살펴보겠습니다. 전국시대 초나라 출신인 이사는 지방 관청의 하급 관리로 그 신분과 지위가 낮았습니다. 어느 날 그는 '변소에 사는 쥐'와 '창고에 사는 쥐'를 보고 사람은 재주와 능력 여부가 아니라 그 위치와 환경에 따라 귀하게 되고 천하게 된다는 사실을 깨닫고 크게 탄식하며 이렇게 말합니다.

이사의 첫 번째 탄식입니다.

"사람이 잘나거나 못난 것은 비유하자면 변소에 사는 쥐나 창고에 사는 쥐와 같아서 그 처한 환경에 따라 달라질 뿐이구나."

이사는 아무리 재주와 능력이 있다고 해도 지방 관청에 있으면 하급 관리의 처지를 벗어날 수 없지만, 별반 재주와 능력이 없다고 해도 임금의 곁에 있으면 천하의 부와 권세를 거머쥘 수 있다고 생각한 것입니다. 이 첫 번째 탄식에는 부와 권력에 대한 이사의 욕망과 야심이 담겨 있습니다. 이후 이사의 삶은 이 욕망과 야심을 좇은 삶이었다고 해도 과언이 아닙니다. 그 후 순자 문하에서 천하를 다스리는 제왕의 기술을 배운 다음 진시황을 찾아가 신하가 된 이사는 진시황의 천하통일을 보좌한 일등공신으로 큰 역할을 하게 됩니다.

이 때문에 이사는 일인지하만인지상(一人之下萬人之上)의 자리인 승상에 올랐습니다. 또한 맏아들은 삼천군의 태수가 되었으며, 그 외의 아들은 모두 진나라 공주에게 장가들고 딸은 모두 진나라 왕자에게 시집갔습니다. 진시황을 제외한다면 진나라에서 이사보다 더 큰 권세와 부귀영화를 누리는 사람이 없을 정도였습니다. 이사가 연회를 열면 모든 벼슬아치들이 그의 집으로 몰려와 수레와 말만 해도 수천 대에 이를 지경이었습니다. 천하의 부귀와 권세를 한 손에 쥐게 된 바로 그 순간 이사는 길게 한숨을 쉬며 이렇게 탄식합니다. 이사의 두 번째 탄식입니다.

"아아! 나는 예전에 '사물이 지나치게 강성해지는 것을 경계해야 한다'는 순자의 말을 들은 적이 있다. 나는 상채에서 태어난 시골 마을의 평범한 백성에 불과하다. 그런데 황제께서는 아둔하고 재능이 없는 나를 발탁하여 오늘날 승상의 지위까지 오르게 하셨다. 지금 신하 가운데 나보다 윗자리에 있는 사람은 없다. 또한 내가 누리는 부귀 역시 극도에 이르렀다. 모든 사물은 극도로 융성하면 반드시 쇠퇴하는데, 내 앞날이 어떻게 될지 모르겠구나."

이사는 자기반성과 자기 성찰을 통해 극도로 융성한 권세와 부귀영화 가운데 이미 쇠퇴와 몰락 그리고 재앙의 조짐이 싹트고 있다는 사실을 헤아렸습니다. 만약 그가 정말로 지혜롭고 현명한 사람이었다면 만족할 줄 알아서 그쳐야 할 곳이 바로 그 순간이라는 사실을 깨닫고 더 이상의 권세와 부귀를 추구하지 않았을 것입니다. 하지만 권력에 대한 이사의 끝없는 욕심과 욕망은 거기에서 멈추지 않았습니다. 〈이사열전〉을 보면, 역설적이게도 이처럼 이사의 부귀와 권세가 극도의 융성을 누리던 그때 이사의 쇠퇴와 몰락이 시작되었다는 사실을 알 수 있습니다.

이사는 진시황이 천하 순행 도중 객사하자 환관 조고의 달콤한 유혹을 거부하지 못하고 진시황의 유언장을 조작해 맏아들 부소 대신 막내아들 호해를 2세 황제로 만드는 음모에 가담하게 됩니다. 유언장 조작에 가담하지 않으면 멸족의 재앙을 입을 것이라는 조고의 협박과 호해가 황제가 되면 지금처럼 계속 부귀와 권세를 누릴 수 있을 것이라는 조고의 유혹 앞에서 결국 이사는 눈물을 흘리고 긴 한숨을 내쉬면서 이렇게 한탄합니다. 이사의 세 번째 탄식입니다.

"아! 어지러운 세상을 만나 나 홀로 죽을 수도 없으니, 내 목숨을 어디에 맡겨야 한단 말인가?"

부귀와 권세에 대한 욕심과 욕망을 뿌리치지 못한 이사는 진시황의 유언장을 조작해 호해를 황제의 자리에 오르게 합니다. 하지만 이 사건 이후 이사는 더 이상 부귀와 권세를 누리지 못하게 됩니다. 이사를 견제한 환관 조고의 모함에 걸려서 모반을 꾀했다는 반역죄의 누명을 뒤집어쓴 채 체포되어 감옥에 갇히는 신세가 되고 말았기 때문입니다. 부귀와 권세를 좇다가 오히려 감옥에 갇혀서 목숨을 잃을 위기에 처한 이사는 하늘을 우러러보며 이렇게 탄식합니다. 이사의 네 번째 탄식입니다.

"아! 슬프다. 도리를 알지 못하는 황제와 무슨 계책을 의논할 수 있겠는가? 내가 아무리 간언을 해도 받아들이지 않으니, 이것은 간언한 나의 잘못이 아니라 간언을 받아들이지 못한 황제의 잘못이다. 지금 반역자가 이미 천하의 절반을 차지했는데도 황제는 오히려 깨닫지 못하고 여전히 조고를 신임해 보좌로 삼고 있으니 진나라의 멸망은 불을 보듯 뻔한 일이구나."

하지만 부귀와 권세에 대한 욕망과 미련을 마지막 순간까지 버리지 못한 이사는 옥중에서 다시 호해에게 글을 올려 자신을 살려 주면 예전처럼 능력을 다해 황제를 섬기겠다고 간청을 합니다. 그러나 조고는 이 글을 관리에게 버리도록 지시한 뒤 이사의 반역에 관한 진술을 꾸며 황제가 이사에게 함양의 시장 바닥에서 허리를 자르는 형벌을 내리도록 했습니다. 결국 감옥에서 나와 처형장으로 향하던 이사는 함께 잡혀온 둘째 아들을 돌아보면서 이렇게 탄식합니다. 이사의 다섯 번째 탄식입니다.

"아! 너와 함께 누런 개를 끌고 다시 한 번 상채 동쪽 문으로 나가 토끼 사냥을 하려 했는데, 이제 죽으면 그렇게 할 수 없겠구나."

이렇게 보면 융성 속에는 이미 쇠퇴의 조짐이 있다고 하겠습니다. 이러한 까닭에 공자는 《주역》에서 다음과 같이 말했습니다.

"위태롭다고 삼가고 경계하는 사람은 그 자리를 편안하게 하는 사람이다. 멸망할까 봐 두려워하는 사람은 그 생존을 보존하는 사람이다. 어지러워질까 봐 삼가고 경계하는 사람은 그 다스림이 있는 사람이다. 이러한 까닭에 군자는 편안해도 위태로움을 잊지 않는다. 보존하면서도 멸망을 잊지 않는다. 다스려져도 어지러움을 잊지 않는다. 이로 말미암아 일신을 편안히 하고 나라와 집안을 보호한다."

공자의 말은 편안할 때 위태로움의 징후를 따지고, 보존할 때 멸망의 조짐을 헤아리고, 다스려질 때 어지러움의 기미를 살펴야 한다는 얘기입니다. 이렇듯 극도로 융성할 때 쇠퇴의 기미와 징후와 조짐을 살필 줄 알아서 삼가고 경계한다면 ― 비록 쇠퇴와 쇠락의 이치에서 벗어날 수는 없다고 해도 ― 자신을 보존할 수 있을 뿐만 아니라 모든 것을 다 잃는 파멸과 파국은 모면할 수 있습니다.

실수도 결국 자기 자신의
생각과 행동에서 나온 것이다

警 : 言 + 敬
경계할 경   말씀 언   공경 경

경계하다는 뜻의 '경(警)' 자는 '말씀 언(言)'과 '공경 경(敬)'으로 이루어진 한자입니다. 말(言)을 공경히(敬) 한다는 말은 곧 말을 삼가고 경계한다는 의미입니다. 말을 공경하여 삼가고 경계한다고 해서 '경계할 경(警)' 자가 되었다는 사실을 알 수 있습니다. 편안하다의 최고 경지가 '자안(自安 : 스스로 편안하다)'인 것처럼, 경계하다의 궁극적인 경지는 '자경(自警 : 스스로 경계하다)'이라고 할 수 있습니다. 삼가고 경계하는 일은 스스로 삼가고 경계하는 것보다 더 안전한 경우가 없기 때문입니다.

또한 경계해야 할 일 가운데 가장 경계해야 할 대상은 '자언(自

言)'과 '자행(自行)' 곧 자신의 말과 행동이라고 할 수 있습니다. 자신의 말과 행동이 행복과 재앙을 불러오기 때문이고, 또한 자신의 말과 행동이 과거와 현재의 자신은 물론 미래의 자신을 만들기 때문입니다. 이 때문에 예부터 자신의 이름을 귀하게 여겼던 사람은 반드시 스스로 삼가고 경계하는 삶을 살기 위해 〈자경문(自警文 : 스스로 경계로 삼는 글)〉을 지어 눈앞에 걸어놓고 실천했습니다. 그 대표적인 사람이 율곡 이이입니다.

율곡에게 정신적으로 가장 큰 영향을 끼쳤던 사람은 어머니 신사임당이었습니다. 율곡은 어렸을 때부터 신사임당을 유일한 스승으로 삼아 학문을 배우고 뜻을 세웠습니다. 하지만 신사임당은 율곡의 나이 불과 16세 때 세상을 떠났습니다. 어머니이자 유일한 스승이었던 신사임당의 죽음 이후 율곡은 극심한 정신적 혼란과 삶의 혼돈을 겪었습니다. 심지어 사대부의 신분을 버리고 세상과도 인연을 끊은 채 금강산 마하연으로 출가하여 스님이 될 정도였으니까, 당시 율곡의 고통이 얼마나 컸는지 짐작할 수 있습니다.

여하튼 1년여 정도 승려 생활을 한 율곡은 불교를 통해서는 자신이 추구하는 삶의 길을 찾을 수 없다는 사실을 깨닫고 환속한 다음 강릉 외가로 찾아가게 됩니다. 그때 율곡의 나이 20세였습니다. 그리고 율곡은 강릉 외가에서 평생 삼가고 경계로 삼아야 할 열한 개 조목을 적은 〈자경문〉을 짓게 됩니다. 율곡은 49세 때 세상을 떠났는데, 그의 삶을 살펴보면 20세 때 지은 〈자경문〉을 30여 년 동안 실천한 삶 그 이상도 그 이하도 아니었다고 해도 과언이 아닙니다. 〈자경문〉의 열한 개 조목은 다음과 같습니다.

첫 번째 조목은 '입지(立志)', 곧 뜻을 세우라는 것입니다. 뜻을 세워야 무엇을 하고 어떻게 살아야 할지 방향을 잡을 수 있기 때문입니다. 뜻을 세워야 그 뜻에 맞게 삼가고 경계하는 삶을 살 수 있기 때문입니다.

두 번째 조목은 '과언(寡言 : 말을 적게 한다)'으로 말에 대한 경계를 담고 있습니다.

세 번째 조목은 '정심(定心 : 마음을 안정시킨다)'으로 마음에 대한 경계를 담고 있습니다.

네 번째 조목은 '근독(謹篤 : 혼자 있을 때 삼간다)'으로 혼자 있을 때에도 경계하라는 뜻을 담고 있습니다.

다섯 번째 조목은 '독서(讀書)'로 책을 읽을 때 경계해야 할 일을 담고 있습니다.

여섯 번째 조목은 '소제욕심(掃除慾心 : 욕심을 깨끗하게 제거한다)'으로 욕심을 경계하는 뜻을 담고 있습니다.

일곱 번째 조목은 '진성(盡誠 : 정성을 다한다)'으로 일을 할 때 삼가고 경계하는 뜻을 담고 있습니다.

여덟 번째 조목은 '정의지심(正義之心 : 항상 정의와 함께한다)'으로 불의(不義)를 경계하는 뜻을 담고 있습니다.

아홉 번째 조목은 '감화(感化)'로 다른 사람을 선(善)으로 감화시키는 일에 대한 경계의 뜻을 담고 있습니다.

열 번째 조목은 '수면(睡眠)'으로 잠에 대한 경계의 뜻을 담고 있습니다.

마지막 열한 번째 조목은 '용공지효(用功之效)'로 일을 할 때 어떻게 해야 하는가에 대한 경계의 뜻을 담고 있습니다.

이 중에서도 율곡이 특별히 삼가고 경계해야 한다고 여겼던 것은 세 번째 조목인 '정심(定心)'입니다. 스스로 삼가고 경계할 때 가장 다스리기 힘든 것이 '마음을 안정시키는 일'이라고 생각했기 때문입니다.

"오랫동안 제멋대로 풀어놓은 마음을 하루아침에 거두어들이는 것, 그와 같은 힘을 얻기가 어찌 쉽겠는가. 마음이란 살아 있는 사물이다. 잡념과 헛된 망상을 없앨 힘을 완성하기 전에는 마음이 요동치는 것을 안정시키기 어렵다. 마치 마음이 어수선하고 혼란스러울 때 의식적으로 끊어 버리려고 하면 더욱더 어지러워지는 것과 같은 이치다. 금방 일어났다가도 또 금방 사라졌다가 하여, 나로부터 비롯되지 않은 듯한 것이 바로 마음이다. 설령 잡념을 끊어 없애더라도 이 '끊어야겠다는 마음'은 내 가슴속에 자리 잡고 있다. 이 또한 망령스러운 잡념이다.

어수선하고 혼란스러운 생각들이 일어날 때는 마땅히 정신을 거두어 한곳으로 모아서 아무런 집착 없이 그것을 살펴야 한다. 결코 그러한 생각들에 집착해서는 안 된다. 그렇게 오래도록 공부하다 보면 마음이 반드시 고요하게 안정되는 때가 있다. 일할 때 오로지 한마음으로 하는 것 또한 마음을 안정시키는 공부다."

이렇듯 '자경(自警)', 곧 스스로 삼가고 경계해야 하는 까닭은 무엇일까요? 대개 일이 뜻대로 되지 않으면 자신을 탓하기보다 남을 탓하기 쉽습니다. 물론 그렇게 된 데는 자신의 탓도 있고 남의 탓도 있을 것입니다. 하지만 남을 탓하면 결코 잘못과 실수를 고칠 수 없습니다. 잘못과 실수를 고치려면 반드시 스스로를 탓해야 합니다. 스스로를 탓하는 데 삼가고 경계하는 일보다 우선하는 것은 없습니다. 스스로 삼가고 경계하면 자신의 잘못과 실수를 찾을 수 있기 때문에 반드시 그 잘못과 실수를 고칠 수 있게 됩니다. 하지만 남 탓만 하게 되면 어떻게 될까요? 이에 대해 북송 때 대학자 장횡거는 이렇게 밝히고 있습니다.

"실없는 말도 자기의 생각에서 나오고, 실없는 행동도 자신이 꾸미는 것에서 나온다. …… 자신에게서 나오는 것을 경계할 줄 모르고 오히려 자신에게서 나오지 않는 것처럼 실수로 돌려버리면 오만함은 자라고 잘못은 널리 퍼지니 무엇이 이보다 더 심할지 알지 못하겠구나.”

자신에게서 나온 말과 행동을 삼가고 경계하지 않으면서 다른 사람의 잘못으로 돌려버리면 오만하고 교만한 마음만 커져서 그 잘못을 고치기는커녕 오히려 잘못이 더욱 퍼져 일신을 망치게 할 수 있다는 얘기입니다.

말로는 속이기 쉬워도
얼굴까지 속이기는 어렵다

容 : 宀 + 谷

얼굴 용   집 면   골짜기 곡

'얼굴 용(容)'은 '집 면(宀)'과 '골짜기 곡(谷)'으로 구성되어 있는 한자입니다. 그런데 다른 한자와 비교해보면, 집과 골짜기가 합하여 어떻게 '얼굴'을 뜻하게 되었는지 쉽게 납득하기가 어렵습니다. 그 까닭은 이렇습니다.

집과 골짜기에 많은 물건을 담을 수 있듯이 얼굴에는 많은 표정을 담을 수 있다고 해서 '집 면(宀)'과 '골짜기 곡(谷)'이 합하여 '얼굴 용(容)' 자를 이루게 되었다고 합니다. 사람의 일곱 가지 감정, 곧 기쁨[喜], 노여움[怒], 슬픔[哀], 즐거움[樂], 사랑[愛], 미움[惡], 욕구[欲] 등이 가장 잘 드러나는 것이 얼굴 표정이라는 사실로 본다면, '얼굴 용(容)' 자에 담긴 뜻이 크게 틀리지 않다고 하겠습니다.

이렇듯 얼굴 표정에 모든 감정 상태가 드러나기 때문에 옛사람들은 몸가짐과 마음가짐처럼 '얼굴가짐' 즉 얼굴의 올바른 자세와 태도를 무척 중요하게 여겼습니다. 예를 들어 율곡은 어렸을 때부터 얼굴가짐을 배우고 익혀야 한다고 주장했습니다. 율곡은 어린아이용 학습교재로 지은 《격몽요결》에서 '구용(九容)' 곧 어린아이 때부터 반드시 갖추어야 할 아홉 가지 올바른 자세와 태도를 주장했습니다. 그런데 이 아홉 가지 올바른 자세와 태도 가운데 무려 여섯 가지가 '얼굴'과 관련되어 있습니다.

첫 번째는 '목용단(目容端)'입니다. 시선은 단정해야 합니다. 눈동자를 안정시켜 바르게 보아야 하고 흘겨보거나 째려봐서는 안 된다는 뜻입니다.

두 번째는 '구용지(九容止)'입니다. 입은 그쳐야 할 때 그칠 줄 알아야 합니다. 말을 하거나 음식을 먹을 때가 아니면 함부로 입을 움직여서는 안 된다는 뜻입니다.

세 번째는 '성용정(聲容靜)'입니다. 말소리는 조용해야 합니다. 몸과 기운을 잘 조절하여 구역질을 하거나 트림하는 등의 잡스러운 소리를 내지 않아야 한다는 뜻입니다.

네 번째는 '두용직(頭容直)'입니다. 머리 모양은 반듯하고 곧아야 합니다. 머리를 바르게 하여 몸을 곧게 하고, 기울여 돌리거나 한쪽으로 삐딱하게 두어서는 안 된다는 뜻입니다.

다섯 번째는 '기용숙(氣容肅)'입니다. 숨소리는 엄숙해야 합니다. 숨을 고르게 쉬고 거친 숨소리를 내서는 안 된다는 뜻입니다.

여섯 번째는 '색용장(色容莊)'입니다. 얼굴빛은 장중하고 당당해야 합니다. 안색을 가지런하게 해서 태만한 기색이 없어야 한다는 뜻입니다.

말은 속이기 쉬워도 얼굴은 속이기 어렵습니다. 자신의 감정과 마음 상태가 가장 쉽게 나타나는 것이 얼굴이기 때문입니다. 그러한 까닭에 율곡은 마음가짐을 바로 하기 위해서는 얼굴가짐을 바로 해야 하고, 얼굴가짐을 바로 하면 마음가짐도 바르게 된다고 생각했습니다. 율곡이 '구용'을 통해 어렸을 때부터 얼굴의 올바른 자세와 태도를 배우고 익혀야 한다고 역설한 까닭이 바로 여기에 있습니다.

어떤 사람이 삶의 만족을 얻는가?

安 : 宀 + 女
편안할 안　　집 면　　계집 녀

　　편안하다는 뜻의 '안(安)' 자는 '집 면(宀)'과 '계집 녀(女)'를 합쳐서 만든 한자입니다. '계집 녀(女)'는 손을 모으고 무릎을 꿇고 있는 여자의 모양을 본떠 만든 상형문자입니다. 이처럼 집 안에 여자가 조용하게 앉아 있는 모습은 편안하다고 해서 '편안하다'는 뜻이 되었습니다.

　　'편안하다'의 최고 경지는 무엇일까요? 그것은 '자안(自安)'입니다. '편안하다'는 절대적인 개념이 아니라 상대적인 개념입니다. 왜냐하면 '편안하다'는 말은 사람에 따라 제각각 다르기 때문입니다. 똑같은 상황에서도 어떤 사람은 '편안하다'고 하지만 어떤 사람은 '불편하다'고 합니다. 또한 어떤 사람은 '불편하다'고 하지만 어떤 사람은 '편안하다'고 합니다. 그래서 스스로 편안하다고 여기면 그 상태가 가장 편안한 것이기 때문에 '자안'이야말로 편안함의 최고 경지라고 말할 수 있습니다. 그렇다면 어떻게 하면 스스로 편안할 수 있을까요?

첫째, 분수에 편안하면 스스로 편안하다고 말할 수 있습니다. 북송의 대학자 소강절(邵康節)의 시집인 《이천격양집(伊川擊壤集)》에는 '안분음(安分吟)'이라는 제목의 시가 실려 있습니다. 여기에 이런 말이 나옵니다. "안분신무욕(安分身無辱)." "분수에 편안하면 몸에 욕된 일이 없다"는 뜻입니다. '안분(安分)'은 분수에 편안하다는 말입니다. 자기 분수에 맞게 살면 욕됨과 위태로움이 없기 때문에 몸과 마음이 저절로 편안하다는 의미입니다.

그런데 자기 분수에 맞게 산다는 말은 도대체 무슨 뜻일까요? 대개 사람들은 분수에 맞게 살라는 말의 뜻을 '신분과 계층과 지위에 맞게 살라'는 뜻으로 이해합니다. 만약 분수에 맞게 살고, 분수를 지키라는 말의 의미를 이렇게 해석한다면, '계급과 계층 차별에 순응하고 복종하면서 살라'는 의미가 되어버립니다. 하지만 분수에 맞게 산다는 말은 그런 뜻이 아닙니다. 여기에서 분수는 '국량(局量)', 즉 사람의 도량과 재능으로 해석해야 합니다. 다시 말해 분수에 편안하다는 말은 자신의 도량과 재능에 맞게 사는 삶은 편안하다는 뜻입니다.

사마천은 《사기》 가운데 고대 중국 부자들에 관한 이야기를 담은 〈화식열전(貨殖列傳)〉에서 이렇게 말합니다. 부자 가운데는 군자도 있고 소인도 있습니다. 군자의 도량을 갖고 있는 사람은 부유하면 덕을 즐겨 실천합니다. 즉 자신의 재물을 다른 사람에게 베푸는 일을 즐겨 실천합니다. 반면 소인의 재능을 갖고 있는 사람은 부유하면 자신의 능력에 닿는 일에 힘쓴다고 했습니다. 다시 말해 자신이 잘할 수 있는 일에 전심(全心)을 다하고 남과 다른 기이한 재주와 능력을 개발하는 데 전력(全力)을 다합니다. 이들은 자신의 재주와 능력에 걸맞은 욕심을 부릴 뿐 다른 욕심을 부리지 않기 때문에 성공할 수 있었습니다.

예를 들어 칼을 갈아 부자가 된 사람은 술을 팔아 자신보다 더 부자가 된 사람이 있다고 해도 술 파는 일을 욕심내지 않습니다. 또한 양의 위를 삶아 말려 팔아서 부자가 된 사람은 말의 병을 치료해 자신보다 더 부자가 된 사람이 있다고 해도 말의 병을 치료하는 일을 욕심내지 않습니다. 오직 자신이 잘할 수 있는 일에 전심과 전력을 다할 뿐입니다. 자신의 도량과 재능에 맞게 살면서, 거기에 맞지 않은 삶에 욕심을 내지 않고 오직 자신이 하고 싶은 일 혹은 잘할 수 있는 일에 마음과 힘을 쏟으면 '스스로 편안하다'고 할 수 있습니다.

둘째, 만족할 줄 알면 스스로 편안하다고 말할 수 있습니다. 《명심보감》에는 다음과 같은 말이 나옵니다. "지족상족(知足常足) 종신불욕(終身不辱)." "만족할 줄 알아서 항상 만족하면 몸을 마칠 때까지 욕된 일을 당하지 않는다"는 뜻입니다. 이에 대해 노자는 《노자 도덕경》에서 이렇게 밝히고 있습니다.

"명예와 육신 중 어느 것이 더 친근한가? 육신과 재물 중 어느 것이 더 큰가? 얻는 것과 잃는 것 중 어느 것이 더 병폐인가? 이러한 까닭에 지나치게 사랑하면 반드시 크게 잃게 되고, 많이 간직하고 있으면 반드시 많이 잃게 된다. 만족할 줄 알면 욕됨이 없고 그쳐야 할 곳에서 그칠 줄 알면 위태로움에 빠지지 않아서 오래도록 유지할 수 있다."

그렇다면 만족할 줄 아는 삶이란 구체적으로 어떤 삶일까요? 이 점에 대해서는 공자의 손자인 자사(子思)가 지었다고 전하는 《중용(中庸)》에 나오는 아래와 같은 말이 참조할 만합니다.

"군자는 그 지위에 따라 행동하고 그 밖의 것은 바라지 않는다. 자신의 처지가 부귀하면 부귀한 대로 행동하고, 자신의 처지가 빈

천하면 빈천한 대로 행동하고, 오랑캐의 땅에 거처하면 오랑캐의 땅에 맞게 행동하고, 재앙과 난리를 당하면 재앙과 난리에 맞게 행동한다. 이러한 까닭에 군자는 어떤 처지에 있더라도 스스로 얻지 못하는 것이 없다. 다른 사람보다 지위가 높으면 지위가 낮은 사람을 무시하지 않고, 다른 사람보다 지위가 낮으면 지위가 높은 사람에게 도움을 구하지 않는다. 자기를 올바르게 닦아서 다른 사람에게 권력과 명예와 재물을 구하지 않으면 저절로 원망하는 마음이 생겨나지 않을 것이다. 위로는 하늘을 원망하지 않고 아래로는 다른 사람을 탓하지 않는다. 이러한 까닭에 군자는 지위에 맞게 평이하게 거처하며 천명을 기다리지만, 소인은 위태롭게 행동하며 요행을 바라게 마련이다."

부유하면 부유한 대로 가난하면 가난한 대로, 행복하면 행복한 대로 불행하면 불행한 대로, 지위가 높으면 높은 대로 지위가 낮으면 낮은 대로, 권력이 있으면 있는 대로 권력이 없으면 없는 대로, 명예가 있으면 있는 대로 명예가 없으면 없는 대로 만족하며 살 뿐, 재물과 행복과 지위와 권력과 명예를 다른 사람에게서 구하지 않고, 하늘을 원망하지 않으며, 다른 사람을 탓하지도 않으면 '스스로 편안하다'고 할 수 있다는 얘기입니다.

셋째, 안빈낙도(安貧樂道)한다면 스스로 편안하다고 말할 수 있습니다. '안빈낙도'는 가난을 편안하게 여기고 도리를 추구하는 삶을 즐거워한다는 뜻입니다. 여기에서 '안빈(安貧)'은 단지 재물이 없어 가난한 것만을 의미하지 않습니다. 재물이 없어서 가난해도 편안하게 여기고, 권력이 없어서 지위가 없어도 편안하게 여기고, 명예가 없어서 멸시를 당해도 편안하게 여긴다는 뜻입니다. 가난해도 편안하게 여기고, 권력이 없어도 편안하게 여기고, 명예가 없어도 편안하게 여기면서 오직 도리를 즐거워하면서 사는데 세상 그 무엇이 그 사람을 '불안(不安)'하게 할 수 있겠습니까?

재물과 권력과 명예는 자기 안에서 찾을 수 없는 것입니다. 그것들은 다른 사람이 나에게 주는 것이기 때문입니다. 반면 도리는 내 안에 찾을 수 있는 것입니다. 그것들은 다른 사람이 나에게 주는 것이 아니기 때문입니다. 그런 의미에서 '편안하다'는 밖에서 구할 수 있는 것이 아니라 내 안에서 구할 수 있는 것입니다. 만약 그렇게 한다면 반드시 '스스로 편안하다'고 말할 수 있습니다.

몸과 마음에 쌓인 감정을 풀어내는
최상의 치료법

哭 : 吅 + 犬

울 곡　부르-　　개 견
　　　짖을 훤

'울 곡(哭)'은 '부르짖을 훤(吅)'과 '개 견(犬)'으로 이루어져 있는 한자입니다. 구성대로 보면 '개가 울부짖는다'는 뜻이 됩니다. 사람이 슬픔에 겨워 우는 것이 마치 개가 울부짖는 것과 같다고 해서 '울 곡(哭)' 자가 되었다고 합니다. 이 글자에 담긴 뜻처럼 대개 사람들은 슬플 때 웁니다. 슬픈 감정과 마음은 곧 '울음'과 연관되어 있습니다. 하지만 연암 박지원은 사람은 슬플 때만 우는 것이 아니라고 말합니다.

"사람들은 단지 칠정(七情) 가운데 오직 슬픈 감정만이 울음을 자아내는 줄 알 뿐 슬픈 감정을 제외한 나머지 여섯 가지 감정 모두 울음을 자아낸다는 사실은 알지 못한다.”

이러한 박지원의 '울음의 철학'은 그의 청나라 여행록인 《열하일기(熱河日記)》 〈도강록(渡江錄)〉 7월 8일(갑신일)자에 실려 있는 '호곡장론(好哭場論)'에 나옵니다. 조선을 벗어나 광활한 요동벌판을 처음 본 박지원은 자신도 모르게 손을 들어 이마에 대고 이렇게 말합니다. “한바탕 울 만한 곳이로구나! 한바탕 울 만한 곳이야!”

그때 옆에 있던 정진사라는 이가 박지원에게 이렇게 묻습니다. “하늘과 땅 사이에 탁 트여 끝없이 펼쳐진 경계를 보고 갑자기 통곡을 생각하는 까닭이 무엇입니까?”

이에 박지원은 칠정 모두가 울음을 자아낸다면서 이렇게 말합니다.

“기쁨이 지극해도 울 수 있고, 노여움이 지극해도 울 수 있고, 즐거움이 지극해도 울 수 있고, 사랑이 지극해도 울 수 있고, 미움이 지극해도 울 수 있고, 욕망이 지극해도 울 수 있지. 답답하게 맺힌 감정을 활짝 풀어버리는 데는 소리 질러 우는 것보다 더 좋은 치료법이 없다네.”

왜 박지원은 답답하게 맺힌 감정을 푸는 데 소리 질러 우는 것보다 더 좋은 치료법이 없다고 했을까요? 울음은 곧 '카타르시스'

이기 때문입니다. 카타르시스는 '배설'과 동시에 '정화'의 의미로 해석할 수 있습니다. 울음은 말 그대로 슬픔과 기쁨과 노여움과 즐거움과 사랑과 미움과 욕망의 감정을 배설하는 것입니다. 동시에 울음은 사람의 감정을 정화하는 작용을 합니다.

슬플 때 울면 슬픔의 감정이 정화됩니다. 기쁠 때 울면 기쁨의 감정이 정화됩니다. 노여울 때 울면 노여움의 감정이 정화됩니다. 즐거울 때 울면 즐거움의 감정이 정화됩니다. 사랑할 때 울면 사랑의 감정이 정화됩니다. 미울 때 울면 미움의 감정이 정화됩니다. 욕망이 솟구칠 때 울면 욕망의 감정이 정화됩니다. 그런데 슬픔과 노여움과 미움과 욕망의 감정뿐만 아니라 기쁨과 즐거움과 사랑의 감정을 '울음'으로 정화하는 이유는 무엇일까요?

한의학의 경전인《황제내경(黃帝內經)》을 보면, 칠정이 지나칠 경우 사람의 몸과 마음이 어떻게 상하게 되는지가 나옵니다. 예를 들어 슬픔이 지나치면 폐(肺)를 상하게 됩니다. 노여움이 지나치면 간(肝)을 상하게 됩니다. 마찬가지로 기쁨이 지나치면 심장(心臟)을 상하게 됩니다. 더욱이 즐거움과 사랑이 지나치면 신장(腎臟)에 무리가 갑니다.

이렇듯 좋은 감정이든 나쁜 감정이든 지나치면 반드시 사람의 몸과 마음을 상하게 합니다. 평온한 감정 상태와 평정한 마음 상태를 깨뜨리기 때문입니다. 이때 울음은 바로 지나친 감정 상태를 정화시켜 평온함과 평정심을 찾을 수 있도록 해주는 작용을 합니다. 다시 말해 울음을 통한 배설과 감정의 정화는 곧 감정과 마음의 균형을 잡아주는 역할을 합니다.

이러한 까닭에 울음을 참아서는 안 됩니다. 울고 싶을 때는 마음껏 울어야 합니다. 체면과 체통과 부끄러움 때문에 울음을 참느라 감정이 맺혀 몸과 마음에 병이 오는 것보다 실컷 울어서 감정을 활짝 풀어버리는 것이 건강한 삶을 유지하는 훨씬 더 현명한 방법이기 때문입니다.

쓴맛을 견뎌낸 뒤에 맛보는
단맛이 가장 달다

苦 : 艸 + 古
괴로울 고　　**풀 초**　　**옛 고**

　'괴로울 고(苦)' 자는 '풀 초(艸)'와 '옛 고(古)'를 합쳐 만든 한자입니다. '고(苦)'는 원래 씀바귀를 의미하는 글자로, 국화과의 여러해살이풀인 씀바귀는 그 맛이 몹시 씁니다. 그래서 '고(苦)' 자는 예(古)부터 쓴 맛이 나는 풀(艸)이라고 해서 '쓰다'는 뜻이 되었고, 다시 쓴 맛은 사람의 입을 괴롭게 한다고 해서 '괴롭다'는 뜻이 되었습니다.

　'괴로움'은 사람이라면 누구나 싫어하는 말 중의 하나입니다. 괴로움을 겪고, 괴롭게 살고 싶은 사람은 아무도 없을 것입니다. 하지만 맹자는 큰일을 하려는 사람은 먼저 큰 괴로움을 겪어야 한다고 말합니다. 큰 괴로움을 겪은 사람만이 비로소 큰일을 해낼 수 있는 그릇과 역량을 갖출 수 있다고 여겼기 때문입니다. 맹자는《맹자》〈고자 하(告子下)〉 편에서 이렇게 말하고 있습니다.

"하늘은 장차 어떤 사람에게 큰일을 맡기려고 하면 반드시 먼저 그 사람의 마음을 괴롭게 하고, 그 사람의 육신을 수고롭게 하고, 그 사람의 배를 굶주리게 하고, 그 사람의 생활을 곤궁하게 하고, 그 사람이 하려고 하는 일이 마음대로 되지 않게 한다."

하늘이 이렇게 하는 까닭은 무엇일까요? 맹자는 다시 이렇게 말합니다.

"그러한 까닭은 그 사람의 마음을 분발케 하고 인내심을 기르게 하여 일찍이 할 수 없었던 일을 해낼 수 있는 능력을 주기 위해서다."

물론 하늘이 그렇게 한다는 얘기는 비유에 불과합니다. 사람은 잘못과 실수를 저지르고 난 후에야 그것을 고칠 수 있습니다. 패배하고 난 뒤에야 승리하는 방법을 배우게 됩니다. 마찬가지 이치로 고난과 시련을 겪으면서 불굴의 용기와 인내심을 기른 다음에야 그 어떤 고난과 시련도 이겨내고, 그 어떤 어렵고 힘든 일도 수

행할 수 있게 된다는 얘기입니다. 그렇다면 맹자가 말하는 괴로움이란 도대체 어느 정도 수준의 괴로움일까요? 어느 정도 수준의 괴로움을 겪어야 그 어떤 고난과 시련도 이겨내고, 그 어떤 어렵고 힘든 일도 수행할 수 있는 자질과 능력을 갖추게 될까요? 맹자는 이렇게 말하고 있습니다.

"마음속의 고통과 번민이 얼굴빛에 나타나고 목소리에 드러날 정도로 괴로움을 겪은 후에야 비로소 큰일을 할 수 있게 된다."

고통과 시련이 사람의 온몸과 온정신을 괴롭힌 나머지 그 마음속 번민이 얼굴빛과 목소리까지 상하게 할 정도가 되어야 비로소 큰일을 해낼 수 있는 사람이 된다는 말입니다. 맹자는 이러한 사람들의 대표적인 경우로 순임금, 관중, 손숙오, 백리해 등을 언급하고 있습니다. 하지만 맹자가 말한 '괴로움의 이치'에 가장 적합한 인물은 춘추시대 오패 중의 한 사람인 진(晉)나라 문공(文公)이 아닐까요?

문공은 진나라 제후 헌공의 아들입니다. 그런데 문공은 공자(公子) 시절 이복형인 태자 신생을 죽인 여희의 모함에 걸려 목숨을 잃을 위험에 처하자 진나라를 떠나 적(狄)나라로 도망쳤습니다. 그때 그의 나이 마흔세 살이었습니다. 그 후 문공은 무려 19년 동안이나 도망자 신분으로 위(衛)나라, 제나라, 조나라, 송나라, 정나라, 초나라, 진(秦)나라 등을 떠돌아다니며 망명생활을 했습니다. 태어날 때부터 부귀영화를 누렸던 문공은 위나라에서는 굶주림을 견디다 못해 시골 사람에게 밥을 구걸했습니다. 또한 조나라에서는 갈빗대가 나란히 붙어 통뼈로 알려진 문공의 기이한 체형(體刑) 때문에 희롱당하는 수모를 겪기도 했습니다. 더욱이 제나라에서는 사랑하는 여인과 헤어지는 아픔을 겪었습니다.

하지만 이러한 모든 고통과 시련은 진나라를 떠나 망명한 지 19년 만인 예순두 살에 귀국해 제후가 된 후, 문공이 늙은 나이에도 불구하고 부귀영화만을 누린 평범한 임금에 머물지 않고 천하를 호령하는 패자가 되는 데 결정적인 역할을 했습니다. 19년 동안 망명객 신분으로 천하를 유랑하면서 문공은 그 어떤 어렵고 힘든 일도 견뎌낼 수 있는 인내심과 자질을 갖추게 되었고, 또한 그 어떤 어렵고 힘든 일도 수행할 수 있는 불굴의 용기와 능력을 지니게 되었기 때문입니다.

이렇듯 괴로움이란 감내하면 사람을 더욱 성장시켜줍니다. 반대로 괴로움은 굴복하면 사람을 무참하게 망가뜨려버립니다. 그런 의미에서 괴로움이 성장의 동력이 될지, 몰락의 원인이 될지는 온전히 그 사람의 태도와 선택에 달려 있다고 할 수 있습니다.

빨리 달리는 말이
새처럼 날지 못함을 부러워하랴

較 : 車 + 交

견줄 교　　수레 거　　사귈 교

견주다는 뜻의 '교(較)' 자는 '수레 거(車)'와 '사귈 교(交)'로 이루어진 한자입니다. 수레 상자 위에 짜 맞추는 나무가 양쪽에 잇닿아 있다고 해서 '견주다'는 뜻이 되었다고 말하기도 하고, 혹은 두 대 이상의 수레가 교차하며 앞서거니 뒤서거니 하는 경주 상황을 나타내어 '견주다'는 의미를 갖게 되었다고도 합니다.

어쨌든 '교(較)' 자는 단독으로 쓰이기보다는 똑같이 '견주다'는 뜻을 갖고 있는 한자인 '비(比)' 자와 함께 사용됩니다. 즉 '교(較)' 자와 '비(比)' 자가 한데 합쳐 '비교(比較)'라는 단어가 되어야 비로소 "둘 이상의 사물(대상)을 견주어 서로 간의 유사점과 차이점을 밝히는 일"이라는 온전한 의미를 갖게 됩니다.

그런데 사람의 행복과 불행을 곰곰이 들여다보면, 자신과 다른 사람을 비교하지 않아야 행복하고, 다른 사람과 자신을 비교하기 시작하면 불행이 찾아온다는 사실을 깨달을 수 있습니다. 대개 자신과 다른 사람을 비교할 때, 비교 대상이 되는 경우는 ― 스스로 생각할 때 ― 자신보다 못한 사람보다는 자신보다 잘난 사람입니다. 그렇게 비교하다 보면 자신보다 잘났다고 생각되는 사람의 삶을 부러워하고 동경하게 됩니다.

하지만 냉정하게 말하자면, 자신과 비교 대상으로 삼아 부러워하는 사람의 삶을 살 수 있는 가능성은 그다지 크지 않습니다. 역설적이게도 사람들이 부러워하고 동경하는 사람의 삶은 현실적으로 실현가능한 사람의 삶이기보다는 실현불가능한 사람의 삶이기 때문입니다. 현실적으로 실현가능하다면 구태여 부러워하고 동경할 까닭이 없으니까요. 그런데 그러한 사람과 자신을 비교하면 비교할수록 오히려 자신이 부족하고 초라하다고 여겨져 자존감만 낮아질 뿐입니다.

더욱이 이 감정이 깊어지면 자칫 부러움과 동경심을 넘어서 인간의 가장 악한 본성 중 하나라고 할 수 있는 시기심과 질투심으로 발전하기 쉽습니다. 대개 시기심과 질투심은 내가 갖고 있지 못한 것을 다른 사람이 갖고 있다고 생각할 때, 또는 나의 것이 다른 사람의 것보다 못하다고 생각할 때, 그리고 그 차이를 도저히 극복할 수 없다고 생각할 때 생기는 감정이자 마음이기 때문입니다.

그러면 어떻게 해야 이러한 감정과 마음으로부터 벗어날 수 있을까요? 무엇보다 자신과 다른 사람을 비교하지 말아야 합니다. 그리고 현실의 자기 자신을 그대로 받아들이고 인정해야 합니다. 여기에서 더 나간다면 남과 다른 '자기다움'을 찾아서 '자기답게 사는 것'이 현명한 방법이라고 말할 수 있습니다.

예를 들어 말의 능력은 빨리 달리는 것입니다. 그런데 말이 새와 자신을 비교하면서, '왜 나는 새처럼 날 수 있는 능력이 없지?'라고 생각한다면 어떻게 될까요? 말은 빨리 달리는 능력을 갖고 있음에도 새처럼 날지 못하는 자신의 무능함에 불행해질 것입니다. 말이 행복해질 수 있는 방법은 무엇일까요? 행복을 자신이 갖고 있지 않은 '날 수 있는 능력'에서 찾지 않고, 자신이 갖고 있는 '빨리 달리는 능력'에서 찾으면 됩니다. 만약 말에게 불행이 있다면 자신의 능력, 즉 '빨리 달리는 능력'을 잃어버리는 것이지 결코 '새처럼 날 수 있는 능력'을 갖지 못한 것이 아닙니다.

사람의 행복과 불행도 이와 같은 이치로 설명할 수 있습니다. 내가 갖고 있는 능력과 재주를 찾아 나답게 사는 것이 중요하지,

내가 갖고 있지 않는 능력과 재주를 가진 사람과 비교한다고 한들 무슨 이익이 있겠습니까? 오히려 남과 비교하느라 정작 자신의 능력과 재주를 찾고 있지 못하거나 잃어버리지 않았나 생각해볼 일입니다.

불행해지지 않는 방법은 먼 곳에 있지 않습니다. 다른 사람과 자신을 비교하지 않는 마음을 잃지 않는다면 아무리 불행해지려고 해도 불행해지지 않을 것입니다.

인생의 승패를 가르는
결정적 한 수

$$勝 : 朕 + 力$$

이길 승   나 짐   힘 력

'이길 승(勝)' 자는 '나 짐(朕)'과 '힘 력(力)'으로 구성되어 있는 한자입니다. 여기에서 짐(朕)은 '두 손으로 들어 올리는 것'을 말합니다. 즉 힘을 가하여 두 손으로 들어 올린다고 해서 '이기다'는 뜻이 되었습니다. 이때 '힘 력(力)'은 대개 근육에서 나오는 육체적인 힘을 나타냅니다. 고대 중국사회에서 '이기다'는 뜻은 육체적으로 힘이 센 사람이 약한 사람을 제압하는 것을 의미했습니다.

'이기다'와 반대되는 말은 '지다'입니다. '지다'는 뜻의 한자는 '패(敗)'입니다. '질 패(敗)'는 '조개 패(貝)'와 '때릴 복(攵)'으로 구성되어 있습니다. '질 패(敗)'에서 '패(貝)'의 자리는 원래 '솥 정(鼎)'이

사용되었다고 합니다. 그런데 패(貝)의 형체가 정(鼎)의 형체와 유사하다고 해 잘못 쓰이던 것이 점차 굳어져서 오늘날처럼 '정(鼎)'을 대신해서 '패(貝)'가 자리를 잡게 되었습니다. '정(鼎)'은 '세발솥'을 뜻하지만 고대 중국사회에서는 국가의 정통성을 상징하는 기물이었습니다. 이 때문에 '정(鼎)'을 '때려서(攵)' 깨뜨린다는 것은 곧 패배를 의미했기 때문에 '지다 혹은 패배하다'는 뜻을 갖게 된 것입니다.

'승리'와 '패배'를 선택하라고 하면 누구나 '승리'를 선택하지 '패배'를 선택하지는 않을 것입니다. 사람들은 경쟁과 다툼에서 항상 '승자'가 되고 싶어 합니다. 아마도 열 번 싸우면 열 번 모두, 백 번 싸우면 백 번 모두 '승자'가 되고 싶어 할 것입니다. 그런데 반드시 '승리'는 좋고 '패배'는 나쁜 걸까요? 그렇지 않습니다.

《명심보감》에서는 이렇게 말합니다. "호승자(好勝者)는 필우적(必遇敵)이니라." 풀이하면 "다른 사람을 이기기 좋아하는 사람은 반드시 적수를 만나게 된다"는 뜻입니다.《손자병법》에도 비슷한 경구가 있습니다. "백전백승(百戰百勝) 비선지선자야(非善之善者也)." 풀이하면 "백 번 싸워서 백 번 이기는 것은 최선이라고 할 수 없다"는 뜻입니다.

《명심보감》과《손자병법》의 가르침은 이렇게 해석할 수 있습니다. 이기기를 좋아하고 싸울 때마다 이기는 사람은 위태롭다는 것입니다. 그렇다면 이기기를 좋아하고 싸울 때마다 이기는 사람은 왜 위태로울까요? 신이 아닌 사람인 이상 누구도 항상 이길 수만은 없습니다. 언젠가는 반드시 제대로 된 적수를 만나 패배하게 됩니다. 그럴 경우 항상 이겨서 승리하는 방법만 알 뿐 패배하는 방법을 모르는 사람은 자칫 몰락의 구렁텅이로 추락할 수 있기 때문입니다.

'오월동주(吳越同舟)'와 '와신상담(臥薪嘗膽)'의 고사성어로 유명한 춘추시대 오나라 왕 부차와 월나라 왕 구천의 '승리와 패배'를 살펴보면 이러한 이치를 어렵지 않게 깨달을 수 있습니다. 부차와 구천의 '승패(勝敗)'를 가른 결정적인 이유는 한쪽은 '패배하는 방법'을 몰랐던 반면, 다른 한쪽은 '패배하는 방법'을 알았다는 것입니다.

오나라 왕 부차에게 패배해 회계산에서 포위당한 채 목숨이 위태로운 상황에 놓인 월나라 왕 구천은 무엇보다 먼저 패배를 받아들이고 부차에게 머리를 숙여 목숨을 건졌습니다. 그런 다음 구천은 스스로 고통을 겪으며 고심했습니다. "너는 회계산의 치욕을 잊었느냐?"고 스스로에게 말하면서, 앉아 있거나 누워 있거나 항상 쓸개를 바라보고 마시거나 먹을 때도 쓸개를 맛보았습니다. 고통의 '쓴 맛'을 잊지 않기 위해서였습니다. 또한 백성들과 고통과 시련을 함께하면서 몸소 밭을 갈아 농사짓고, 밥을 먹을 때는 고기를 먹지 않고, 화려한 옷을 걸치지 않았으며, 겸손함과 겸허함으로 어진 사람을 대접하고 가난한 사람을 돕고 죽은 사람을 애도했습니다.

구천은 회계산에서 오나라 왕 부차에게 목숨을 구걸했던 치욕의 날로부터 20여 년 동안을 그렇게 했습니다. 그리고 다시 예전의 국력을 회복하고 병력을 정비한 구천은 오나라를 공격해 크게 승리했습니다. 그런데 목숨을 잃을 위기에 놓인 부차는 20여 년 전 구천과는 완전히 다르게 행동했습니다. 구천은 부차를 가엾게 여겨 목숨을 살려주었지만, 부차는 "월나라 왕을 섬길 수는 없다"면서 스스로 목숨을 끊었습니다. 구천이 패배를 받아들이고 '패배하는 방법'을 통해 다시 승자가 되었던 반면, 일찍이 패배한 적이 없었던 부차는 패배를 곧 몰락으로 여겼기 때문에 목숨을 버렸던 것입니다.

부차와 구천의 이야기를 통해서 알 수 있듯이 이기기 위해서는 '승리하는 방법' 못지않게 '패배하는 방법'을 아는 것이 중요합니다. 그렇다면 부차와 구천이 전하는 '패배하는 방법'은 어떻게 정리할 수 있을까요? 첫째, 패배를 인정해야 한다는 것입니다. 둘째, 패배에 따른 고통을 받아들이고 감내해야 한다는 것입니다. 셋째, 패배 이후에는 패배를 불러온 이전의 낡은 버릇과 습성을 철저하게 바꾸어야 한다는 것입니다. 이 세 가지를 깨닫고 실천하면 패배 때문에 몰락하는 일은 결코 없을 것입니다. 아니 오히려 패배를 딛고 일어나 그 전보다 훨씬 더 큰 승리를 얻을 수 있습니다.

대부분의 사람들은 살아가면서 '승자'가 되는 경우보다는 '패자'가 되는 경우를 훨씬 더 많이 겪습니다. 그런 의미에서 인생의 '승패'를 가르는 것은 '승리하는 방법'을 아는 것이 아니라 '패배하는 방법'을 아는 것입니다. 패배하는 방법을 알아야 패배로 인해 몰락하지 않고 다시 패배를 딛고 일어날 수 있기 때문입니다.

앎이 부족해도
마음에 밝음이 있다면

智 : 知 + 日
지혜 지   알 지   해 일

　지(智)는 유학에서 사람이 동물과 구분되는 기준이 된다고 말하는 오상(伍常), 즉 인의예지신(仁義禮智信) 중 하나입니다. 오상은 사람이면 반드시 갖추어야 할 떳떳한 도리이자 절대 변하지 않는 덕목을 뜻합니다. 옛사람들은 그만큼 '지(智)'의 가치와 의미를 소중하게 여겼습니다.

　대개 '지(智)'는 '지(知)'와 비슷한 뜻으로 사용되는데, 엄밀하게 말하자면 이 두 한자는 비슷하지만 전혀 다른 가치와 의미를 지니고 있습니다. 지(智)가 지혜를 뜻하는 반면, 지(知)는 지식을 가리키기 때문입니다.

그렇다면 지혜와 지식의 같은 점과 다른 점은 무엇일까요? 두 한자의 구성을 살펴보면 그 같은 점과 다른 점을 어렵지 않게 간파할 수 있습니다.

먼저 '지(知)'는 '화살 시(矢)'와 '입 구(口)'로 이루어진 한자입니다. 즉 '지'라는 한자는 입에서 나오는 말이 화살처럼 빨리 나가는 모양을 취하고 있습니다. 그런데 화살처럼 말이 빨리 나간다는 것이 어떻게 '알다'라는 뜻과 연결되었을까요? 그 까닭은 사람이 많이 알고 있으면 입에서 나오는 말이 화살처럼 빠르기 때문입니다. 이 '알 지(知)'에 '날 일(日)'을 더해 만든 한자가 지혜를 뜻하는 '지(智)' 자입니다. 여기에서 '날 일(日)'은 해처럼 세상을 두루 밝힌다는 뜻입니다. 다시 말해 지혜란 '앎'에 '밝음'이 더해진 것입니다.

그렇다면 '밝음'은 구체적으로 무엇을 말할까요? 그것은 '직관' 혹은 '생각, 사고, 사유'를 가리킵니다. 이때 생각, 사고, 사유는 성찰과 통찰에 가깝다고 할 수 있습니다. 지식이란 대개 배우고 익혀서 아는 것입니다. 배우고 익혀서 안다는 것은 이미 존재하는 무엇인가를 책 혹은 다른 사람을 통해서 배우고 익혀 습득하는 것을 말합니다. 반면 지혜는 배우고 익혀서 습득하기도 하지만, 구태여 배우고 익히지 않아도 혹은 직관을 통해서 혹은 사유를 통해서 깨달아 습득하는 것을 말합니다. 마치 '알 지(知)'에 '날 일(日)'이 더해지면 '지혜 지(智)'가 되는 한자의 구성처럼 지식 속에는 지혜가 포함되지 않지만, 지혜 속에는 지식이 포함된다는 사실을 알 수 있습니다. 이렇게 보면 지식이란 지혜의 한 부분일 뿐이라는 사실을 깨달을 수 있습니다.

인간의 지식과 지혜에 대한 가장 오래된 논쟁 중 하나가 성리학의 격물치지(格物致知)와 양명학의 치양지(致良知)입니다. 격물치지는 '사물의 이치를 끝까지 파고들면 앎에 이른다'는 뜻입니다. 이 말은 독서와 학습을 통해 사물의 이치를 궁구하면 마침내 깨닫게 된다는 의미입니다. 반면 치양지는 '사람이 태어날 때부터 지니고 있는 본래의 지혜를 실현한다'는 뜻입니다. 이 말은 독서와 학습을 통하지 않고 직관과 사유를 통해 앎에 이른다는 의미입니다.

격물치지가 사람의 바깥에 존재하는 외부 사물의 이치를 통해 앎에 이르는 방법을 중시한다면, 양명학은 사람의 내부에 존재하는 직관과 사유의 이치를 통해 앎에 이르는 방법을 중시합니다. 앞서 필자가 풀이한 '지(知)'와 '지(智)'의 개념을 '격물치지'와 '치양지'에 적용해보면, 격물치지는 지식에 가깝고 치양지는 지혜에 가깝다는 사실을 어렵지 않게 짐작할 수 있을 것입니다. 이러한 까닭에 일찍이 맹자는 이렇게 말했습니다.

"인지소불학이능자(人之所不學而能者)는 기양능야(其良能也)요, 소불려이지자(所不慮而知者)는 기양지(其良知)이니라."

배우지 않고도 할 수 있는 능력을 양능(良能)이라고 하며, 생각하지 않고도 알 수 있는 능력을 양지(良知)라고 한다는 뜻입니다. 그러면서 맹자는 양지양능(良知良能)은 사람이 태어날 때부터 지니고 있는 본성 중 하나라고 주장했습니다.

맹자의 양지양능은 지식이 아닌 지혜를 의미합니다. 지식은 배우고 익혀서 알 수 있는 것이지만, 지혜는 배우고 익히지 않아도 아는 것이기 때문입니다. 지식이 후천적으로 얻는 것이라면, 지혜는 선천적으로 지니고 있는 것입니다. 그런 의미에서 지식보다는 지혜에 의존하는 것이 훨씬 더 인간의 본성에 가깝다고 하겠습니다.

자기 철학과 품격이 있다면
가난해도 불행하지 않다

貧 : 分 + 貝

가난할 빈　　나눌 분　　조개 패

'가난할 빈(貧)' 자는 '나눌 분(分)'과 '조개 패(貝)'가 합쳐져 이루어진 글자입니다. 고대 중국에서는 조개(貝)가 화폐 대용으로 사용되었기 때문에 돈이나 재물을 상징했다는 말씀은 앞서 드렸습니다. 그러므로 '빈(貧)' 자는 돈 혹은 재물이 나누어져서 적어진다는 의미에서 '가난하다'는 뜻을 갖게 되었다고 할 수 있습니다.

'가난할 빈(貧)' 자를 보면 그에 반대되는 뜻을 지닌 한자로 '부유할 부(富)' 자가 자연스럽게 떠오릅니다. '부유할 부(富)' 자는 '집 면(宀)'에 '가득할 복(畐)' 자가 합쳐진 한자입니다. 집에 돈 또는 재물이 가득하다는 의미에서 '부유하다'는 뜻을 갖게 되었다는 사실을 쉽게 짐작할 수 있습니다.

그런데 대개 사람들은 가난하면 불행하고, 부유하면 행복하다고 생각합니다. 그러나 곰곰이 생각해보면, 가난해도 불행하지 않고 부자여도 행복하지 않은 사람도 부지기수입니다. 그렇다면 가난해도 불행하지 않으려면 어떻게 해야 할까요? 가난의 철학과 품격을 간직하고 지킬 수 있다면, 가난은 절대로 사람을 불행하게 만들 수 없습니다.

만약 가난에도 철학이 있고, 가난한 사람에게도 품격이 있다는 사실을 가장 잘 보여준 인물을 역사 속에서 찾는다면 단연 청장관 이덕무를 꼽을 수 있습니다. 그는 서자 출신이라는 신분적 한계와 가난이라는 사회적 굴레에 굴복하지 않고 학문을 닦아 규장각 검서관이 된 후 정조의 문치를 빛내는 혁혁한 공적을 남겼습니다.

먼저 이덕무가 얼마나 가난했는지에 대해서는 그의 사우(師友)인 연암 박지원의 증언을 통해 확인할 수 있습니다. "때로는 해가 저물도록 먹을거리를 마련하지 못한 적도 있고, 때로는 추운 겨울인데도 방구들을 덥힐 불을 때지 못하기도 했다."

하지만 이덕무는 가난을 탓하기는커녕 오히려 편안하게 여겼습니다. 이러한 사실 역시 박지원이 남긴 기록을 통해 살펴볼 수 있습니다. "젊은 시절부터 가난을 편안히 여겼고, 벼슬에 나간 후에도 거처와 의복이 예전과 다르지 않았을 뿐만 아니라 평생 '기(飢 : 굶주림)' 자와 '한(寒 : 추위)' 자, 두 글자를 결코 입 밖에 낸 적이 없었다."

이렇듯 혹독한 굶주림과 추위 속에서도 이덕무가 가난을 원망하거나 두려워하지 않고, 또한 불우한 삶에 좌절하거나 포기하지 않고 끝내 자신의 뜻을 이룰 수 있었던 비결은 무엇이었을까요? 그것은 바로 그가 가난의 철학을 간직하고 가난한 사람의 품격을 지니고 있었기 때문입니다.

"최상의 사람은 가난을 편안하게 여긴다. 그다음 사람은 가난을 잊어버린다. 최하등의 사람은 가난을 부끄럽게 생각해 감추거나 숨기고, 다른 사람들에게 가난을 호소하다가 가난에 짓눌려 끝내 가난의 노예가 되고 만다. 또한 최하등보다 못난 사람은 가난을 원수처럼 여기다가 그 가난 속에서 죽어간다."

이덕무는 가난을 불편해하거나 고통스러워하지 않는 사람은 좋은 사람인 반면, 가난을 불편해하거나 고통스러워하는 사람은 상서롭지 못한 사람이라고 역설했습니다.

"입에 들어가는 것이라면 모두 음식이라고 할 수 있다. 몸에 걸치는 것이라면 모두 의복이라고 할 수 있다. 음식은 굶주림을 면하면 그만이고, 의복은 몸을 가리고 추위를 면하면 그만이다. 부귀한 집안의 사람으로 거친 음식을 맛있게 먹는 사람은 좋은 사람이다. 신분의 높고 낮음과 재산의 많고 적음을 떠나 거친 음식을 잘 먹지 못하는 사람은 크게 상서롭지 못한 사람이다."

사람은 가난하다고 해서 불행한 것이 아닙니다. 오히려 가난 때문에 자신의 존엄과 자존과 자유를 잃어버렸을 때 비로소 불행해집니다. 이덕무의 삶을 보면, 가난해도 가난의 철학과 품격을 간직하고 지키는 사람은 결코 불행하지 않고 오히려 당당하고 행복하다는 사실을 어렵지 않게 깨달을 수 있습니다.

그런 의미에서 가난을 불편해하지 않고 가난을 달갑게 여기는 사람이야말로 어떤 고난과 곤란이 닥쳐도 자신의 뜻을 꺾지 않을 힘을 지니고 있다고 할 수 있습니다. 그러한 사람이라면 참된 사람이라고 불러도 괜찮지 않을까요?

이청득심(以聽得心)

———

'이청득심'이라는 말 속에는 '귀 기울여 경청하는 일은 사람의 마음을 얻는 최고의 지혜'라는 뜻이 담겨 있습니다. 그런데 어떻게 다른 사람의 말을 듣는 것만으로 그 사람의 마음을 얻을 수 있다는 걸까요? 다른 사람의 말을 경청하면 공감하는 마음이 생깁니다. 공감하는 마음이 생기면 역지사지, 곧 다른 사람의 처지에서 이해하고 생각해보게 됩니다. 그래서 다른 사람의 아픔을 나의 아픔으로, 다른 사람의 고통을 나의 고통으로, 다른 사람의 기쁨을 나의 기쁨으로, 다른 사람의 슬픔을 나의 슬픔으로 받아들이게 됩니다. 그러니 어떻게 사람의 마음을 얻지 않을 수 있겠습니까?

4부

타인과 더불어
살아간다는 것에 대하여

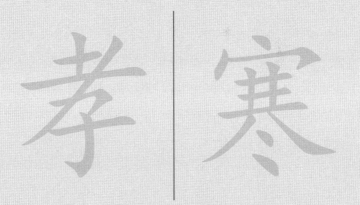

자기밖에 모르는 세상을
하나로 묶어주는 힘

寬 : 宀 + 莧

너그러울 관   집 면   뿌리 가는
산양 환

'너그러울 관(寬)'은 집을 뜻하는 '면(宀)' 자와 넓다 또는 뿌리 가는 산양의 뜻을 나타내는 '환(莧)' 자로 구성되어 있습니다. '환(莧)' 자를 넓다는 뜻으로 해석하면 집(宀)이 넓은 것처럼 마음이 넓다는 뜻에서 '너그러울 관(寬)' 자가 됩니다. 다른 한편으로 '환(莧)' 자를 뿌리 가는 산양으로 해석하면 마치 산양처럼 큰 관을 쓴 사람, 즉 임금이나 벼슬이 높은 사람이 사는 집(宀)은 넓다는 뜻에서 '너그러울 관(寬)' 자가 됩니다.

그렇다면 '너그러움'이란 어떤 의미일까요? 그것은 관용(寬容) 즉 '나와 다른 무엇인가를 너그럽게 받아들이는 것'입니다. 관용은 '다른 사람을 너그럽게 감싸주거나 받아들인다'는 뜻의 포용(包容)이나 '다른 사람의 말과 행동을 너그러운 마음으로 받아들인다'는 뜻의 용납(容納)과 그 뜻이 일맥상통합니다. 《논어》를 읽어보면, 공자는 사람들에게 자기 철학의 핵심 요체라고 할 수 있는 '인(仁)'을 가르칠 때 꼭 필요한 요소 가운데 하나로 '관(寬 : 너그러움)'을 빼놓지 않고 언급했습니다. 〈양화(陽貨)〉 편에 보면, 공자가 제자인 자장이 인(仁)에 대해 묻자 다섯 가지를 실천한다면 인(仁)이라고 할 수 있다고 말한 대목이 있습니다.

공자가 말한 다섯 가지란 첫째 공손(恭), 둘째 너그러움(寬), 셋째 신의(信), 넷째 민첩함(敏), 다섯째 은혜로움(惠)입니다. 특히 공자는 "관즉득중(寬則得衆)" 즉 "너그러우면 많은 사람의 지지를 얻게 된다"라고 했습니다. 이 때문에 공자는 "거상관(居上寬)" 곧 "윗자리에 있는 사람은 너그러워야 한다"라고 말하기도 했습니다. 다시 말해 권력이 강력하고 지위가 존귀하며 재물이 부유할수록 '너그러움(寬)'을 근본으로 삼아 세상 사람을 대해야 한다고 했습니다. 그래야 많은 사람의 지지를 얻을 수 있을 뿐만 아니라 세상의 원망과 비방을 사지 않는다는 것입니다.

관용에는 대개 네 가지 단계가 있습니다.

첫 번째 단계는 '나와 다른 것을 이해하는 것'입니다. 나와 다른 것을 이해할 때 비로소 받아들이려고 하는 마음이 일어나기 때문입니다.

두 번째 단계는 '나와 다른 것을 인정하는 것'입니다. 나와 다른 것을 이해할 때 비로소 받아들이고 싶은 마음이 발생하기 때문입니다.

세 번째 단계는 '나와 다른 것을 받아들이는 것'입니다. 나와 다른 것을 이해하고 인정하게 되면 비로소 나의 가치가 소중하듯이 다른 것의 가치도 소중하다는 것을 받아들이기 때문입니다.

네 번째 단계는 '나와 다른 것과 함께하는 것'입니다. 나의 가치처럼 다른 것의 가치도 소중하다는 것을 받아들이게 되면 비로소 공존과 공생의 마음을 갖고 행동하기 때문입니다.

어쨌든 필자는 너그러움을 바탕으로 하는 '관용'을 사람과 사람의 관계뿐만 아니라 사상·종교·정치·사회·문화 등 인간사와 세상사의 모든 것에 확대 적용할 수 있다고 생각합니다. 예를 들어 나와 다른 생각을 갖고 있거나 행동을 하는 사람을 포용하거나 용납한다면, 그것은 사람에 대한 '관용'이 됩니다. 나와 다른 사상과 이념을 가진 사람을 포용하거나 용납한다면, 그것은 사상 혹은 이념에 대한 '관용'이 됩니다. 나와 다른 종교를 갖고 있는 사람을 포용하거나 용납한다면, 그것은 종교에 대한 '관용'이 됩니다. 나와 다른 정치적 입장과 견해를 가진 사람을 포용하거나 용납한다면, 그것은 정치에 대한 '관용'이 됩니다. 나와 다른 환경에서 자라고 다른 문화를 가진 사람을 포용하거나 용납한다면, 그것은 사회와 문화에 대한 '관용'이 됩니다.

그런 의미에서 관용의 최고 단계는 나와 다른 무엇도 기꺼이 포용하거나 용납하며 함께할 수 있다는 '공존의 정신' 혹은 '공생의 정신'이라고 할 수 있습니다. 이렇게 서로가 서로에 대한 지지자가 된다면, 누구를 시기하고 질투하며, 누구를 원망하고 비방하겠습니까? '너그러움'의 의미를 가장 잘 나타내는 '관용'이야말로 인간사와 세상사의 모든 것에 적용해야 할 최고로 가치 있는 덕목 중의 하나라고 할 수 있습니다.

어떤 물을 들이느냐에 따라
운명은 달라진다

染 : 水 + 九 + 木
물들 염　　물 수　　아홉 구　　나무 목

'물들 염(染)' 자는 '물 수(水)'와 '아홉 구(九)'와 '나무 목(木)'을 합쳐 만든 글자입니다. 이 한자는 천이나 실에 색을 물들이기 위해서는 아홉 번이나 되풀이해서 나무즙에 담궈야 하는 작업을 문자화한 것입니다. 그런데 물들이는 작업으로 따지자면, 사실 천이나 실에 물들이는 일보다 더 힘들고 어려운 것이 사람을 물들이는 일이라고 할 수 있습니다.

묵자는 춘추전국시대 제가백가 가운데 겸애설(兼愛說)과 비공(非攻) 그리고 반전평화 사상을 주장한 묵가(墨家)의 창시자입니다. 묵자의 언행을 기록한 묵가의 사상서가 《묵자(墨子)》이기도 합니다.

이 책 가운데 '묵비사염(墨悲絲染)'이라는 고사성어가 등장합니다. 풀이하자면 "묵자는 실이 물드는 모습을 보고 슬퍼했다"는 뜻입니다.

"푸른 물감에 물들이면 파란 실이 되고, 노란 물감에 물들이면 노란 실이 된다. 물들이는 물감이 바뀌면 그 색깔 역시 바뀐다. 다섯 번 넣으면 다섯 가지 색깔이 나온다."

그러면서 묵자는 파랑색을 물들이면 파랑색 실이 되고 노란색을 물들이면 노란색 실이 되듯이 사람 역시 누구에게 물드느냐에 따라 선해지기도 하고 악해지기도 한다는 사실을 깨닫습니다. 즉 순임금은 허유와 백양에게 물들었기 때문에 어진 제왕이 되었고, 우왕은 고요와 백익에게 물들었기 때문에 의로운 임금이 되었고, 탕왕은 이윤과 중훼에게 물들었기 때문에 덕망 높은 임금이 되었고, 무왕은 태공과 주공에게 물들었기 때문에 명예로운 제왕이 되었다고 했습니다.

이 네 사람은 합당하게 물들었기 때문에 어질고, 의롭고, 덕망 높고, 명예로운 사람이 될 수 있었다고 하겠습니다. 춘추전국시대 제후들의 우두머리가 된 다섯 패자 역시 합당하게 물든 제왕이라고 할 수 있습니다. 먼저 제나라 환공은 관중과 포숙에게 물들었고, 진(晉)나라 문공은 구범과 곽언에게 물들었고, 초나라 장왕은 손숙오와 심윤에게 물들었고, 오나라 왕 합려는 오원(오자서)과 문의에게 물들었고, 월나라 왕 구천은 범려와 대부종에게 물들었기 때문에 영광스럽게도 패자의 지위에 오르고 공명을 천하 후세에 전할 수 있었다고 하겠습니다.

반면 걸왕은 간신과 추치에게 물들었기 때문에 포악한 임금이 되었고, 주왕은 숭후와 악래에게 물들었기 때문에 잔혹한 제왕이 되었고, 여왕은 괵공장보와 영이종에게 물들었기 때문에 신하들을 핍박하고 백성들을 괴롭히는 임금이 되었고, 유왕은 부공이와 채공곡에게 물들었기 때문에 어리석은 제왕이 되어 결국 신하의 손에 죽임을 당했습니다. 이 네 사람은 물든 것이 합당하지 않았기 때문에 나라는 패망하고, 목숨을 잃고, 천하의 의롭지 못하고 욕된 사람으로 손가락질을 당하게 되었습니다.

또한 진나라의 군주 범길야는 장류삭과 왕성에게 물들었고, 진나라의 제후 중항인은 적진과 고강에게 물들었고, 오나라 왕 부차는 왕손락과 태재비에게 물들었고, 진나라의 지백요는 지국과 장무에게 물들었고, 위나라의 중산상은 위의와 언장에게 물들었고, 송나라의 제후 강왕은 당앙과 전불례에게 물들었습니다. 이 때문에 탐욕스럽고, 횡포하고, 가혹하고, 혼란스러운 정치를 언급할 때는 반드시 이 여섯 사람을 거론하게 되었습니다.

제왕의 지위에 있는 사람만 그러한 것이 아닙니다. 평범한 보통 사람도 마찬가지입니다. 인의(仁義)를 좋아하고 순박하고 부지런하며 신중한 사람과 가까이하면 날이 갈수록 그 몸과 마음이 편안해지고, 집안은 번성하며, 명성은 영화로워지고, 지위는 높아지게 될 것입니다. 반대로 교만하거나 오만하며, 간사하거나 시기와 질투가 심하고, 잔인하거나 포악하고, 제멋대로 작당(作黨)하여 모든 것을 힘으로 이루려고 하는 사람과 가까이하면 날이 갈수록 그 몸과 마음은 위태로워지고, 집안은 쇠퇴하며, 명성은 욕되게 되고, 지위는 추락하게 될 것입니다.

사람이 누군가에게 물들 때 가장 큰 영향을 끼치는 사람을 꼽아보면 첫째는 부모이고, 둘째는 스승이고, 셋째는 친구입니다. 그런데 부모는 선택할 수 없는 반면, 스승과 친구는 선택할 수 있습니다. 어떤 스승과 친구를 만나 물드느냐에 따라 사람의 삶과 운명은 바뀌게 됩니다. 좋은 부모에 좋은 스승과 좋은 친구를 만나면 금상첨화겠지요.

그러나 좋은 부모를 만나도 나쁜 스승과 나쁜 친구를 만나 물들면 나쁜 사람이 될 수 있고, 나쁜 부모를 만나도 좋은 스승과 좋은 친구를 만나 물들면 좋은 사람이 될 수 있습니다. 따라서 사람이 세상을 살아가는 데 좋은 스승과 좋은 친구를 만나는 것보다 중요한 일은 없다고 할 수 있습니다.

하지만 무엇보다 좋은 방법은 스스로 좋은 사람이 되려고 하는 것입니다. 좋은 사람이 되려고 하면 좋은 스승과 좋은 친구를 만날 가능성이 그만큼 커지기 때문입니다. 누구를 만나 어떤 물을 들이느냐에 따라 사람의 삶과 운명은 하늘과 땅만큼이나 크게 달라진다고 하겠습니다.

마음까지 모시지 않는다면
효를 다한 것이 아니다

孝 : 耂 + 子

효도 효   늙을로   자식 자

    '효도 효(孝)' 자는 자식이 늙은 부모를 머리에 떠받들고 있는 모양을 하고 있습니다. 이렇듯 자식이 늙은 부모를 머리에 떠받들고 있다고 해서 '효도한다'는 뜻이 되었습니다. '자(子)'라는 한자는 대개 '아들'의 뜻으로 해석하지만, 아들과 딸 모두 효도해야 한다는 점에서 '자식'의 뜻으로 해석하는 것이 더 정확하다고 하겠습니다.

    공자의 제자 중 부모에 대한 효도로 크게 이름을 얻은 증자(曾子 : 증삼)라는 인물이 있습니다. 효도로 명성을 얻은 증자는 심지어 효도에 관한 경전을 저서로 남겼는데, 그 저서가 《효경(孝經)》입니다. 이 책은 증자가 스승인 공자와 나눈 문답 가운데 효도에 관한 부분만을 추려 기록한 것입니다. 유학의 기본 경전이라고 할 수 있는 '십삼경(十三經)' 중 한 권으로, 옛날에 선비들이 반드시 읽어야 할 책이었습니다.

증자는 효도에는 세 가지가 있다고 했습니다. 최상의 효도는 부모님을 존경하는 것이고, 그다음은 부모님을 욕되게 하지 않는 것이고, 그다음은 부모님을 봉양하는 것이라고 했습니다. 그런데 부모님을 봉양하는 것도 '부모님의 마음을 봉양하는 것'과 '부모님의 몸을 봉양하는 것'으로 나눕니다. 마음을 봉양하는 것과 몸을 봉양하는 것의 차이에 대해서는 증자와 증자의 아버지 증석(曾晳), 그리고 증자의 아들 증원(曾元) 등 3대에 얽힌 흥미로운 이야기가 있습니다.

증자의 아버지는 공자의 제자이기도 했던 증석입니다. 아버지와 아들이 모두 공자의 제자였던 셈입니다. 어쨌든 증자는 반드시 술과 함께 고기를 상에 차려서 아버지 증석을 봉양했습니다. 그리고 증석이 술과 고기를 다 먹고 난 후 상을 들고 나올 때는 반드시 "다른 사람에게 술과 고기를 드릴까요?"라고 여쭈었습니다. 이에 증석이 "남은 술과 고기가 있느냐?" 하고 물으면 반드시 "예, 있습니다"라고 대답했습니다.

그 후 증석이 죽고 증자도 나이가 들어 자식의 봉양을 받게 되었습니다. 어렸을 때부터 증자가 증석을 모시는 모습을 보고 자란 증자의 아들 증원 역시 반드시 술과 고기를 상에 차려서 증자를 봉양했습니다. 그런데 증원은 증자가 술과 고기를 다 먹고 난 후 상을 들고 나올 때 "다른 사람에게 술과 고기를 드릴까요?"라고 여쭙지 않았습니다. 또한 증자가 "남은 술과 고기가 있느냐?"라고 물으면 "아니요, 없습니다"라고 대답했습니다. 증원이 이렇게 한 까닭은 남은 술과 고기를 다른 사람에게 주지 않고 보관해 두었다가 나중에 다시 상에 차려서 내놓으려 했기 때문입니다.

훗날 맹자는 아버지 증석에 대한 증자의 효도를 두고 이렇게 말했습니다. "증자께서는 아버지 증석의 마음까지 봉양했다고 할 수 있다. 부모님을 모실 때에는 증자처럼 해야 옳다."

그럼 맹자는 아버지 증자에 대한 증원의 효도를 두고는 어떻게 말했을까요? "이러한 효도는 이른바 부모님의 입과 몸만 봉양했다고 할 수 있다."

부모님의 마음을 봉양한 증자의 효도야말로 진정한 효도이며, 자식이 부모를 봉양할 때는 몸은 말할 것도 없고 마음까지 봉양해야 한다는 것입니다.

마음을 나눌 만한
진정한 벗을 가졌는가

寒 : 宀 + 茻 + 人 + 冫

추울 한   집 면   우거질 망   사람 인   얼음 빙

'추울 한(寒)'은 매우 복잡하게 구성되어 있는 한자 중의 하나입니다. '집 면(宀)'과 '잡풀이 우거질 망(茻)'과 '사람 인(人)'과 '얼음 빙(冫)'이 합쳐져 만들어진 '추울 한(寒)' 자는, 잡풀이 무성한 집 안에 사람이 웅크리고 있는데 집 밖에는 얼음이 얼어 있는 모양을 하고 있습니다. 글자의 구성과 모양만 보아도 '추위'가 확 느껴지지 않나요?

사람이 가장 '추위'를 느낄 때는 언제일까요? 엄동설한(嚴冬雪寒)과 같은 몸이 느끼는 추위일까요? 아니면 궁색함과 옹색함과 초라함과 같은 마음이 느끼는 추위일까요? 아마도 대부분의 사람들이

몸이 느끼는 추위보다 마음이 느끼는 추위가 훨씬 더 사람을 춥게 만든다는데 동의할 것입니다. 이러한 까닭에 공자는 날씨가 추워진 다음에야 소나무와 잣나무가 비로소 여전히 푸르다("자왈(子曰) 세한연후(歲寒然後)에 지송백지후조야(知松柏之後彫也)니라")는 사실을 알 수 있는 것에 비유하여 사람 역시 궁색하고 옹색하고 초라해진 다음에야 비로소 그 사람됨을 알 수 있다고 했습니다. 이렇듯 '추울 한(寒)' 자에 담긴 의미를 새기다 보면, 필연적으로 연상되는 이야기가 추사 김정희의 '세한도(歲寒圖)'입니다.

'세한도'는 김정희의 고고한 기상과 정신세계를 집약해놓았다고 평가받는 작품입니다. '세한도'는 김정희가 제주도에 유배 온 지 5년째 되는 1844년(헌종 10) 나이 59세 때 제자인 이상적에게 그림을 그려주고 화제(畫題)를 써준 것입니다. 이미 최고의 경지에 오른 대학자이자 예술가였던 김정희의 학문 세계와 예술의 미학을 가감 없이 들여다볼 수 있는 명작입니다.

김정희는 그림의 제목에 해당하는 화제에 "세한도(歲寒圖). 우선시상(藕船是賞). 완당(阮堂)"이라고 썼습니다. 이것을 풀이하면 "세한도. 우선(藕船) 이 그림을 감상해보게. 완당"이라는 뜻입니다. 이상적은 자(字)가 우선(藕船)인데, 김정희는 이를 우선(藕船)이라 바꿔 썼습니다. 그리고 김정희는 이 그림에 붙이는 글, 즉 '발문(跋文)'에서 '세한도(歲寒圖)'라고 이름 붙인 까닭을 이렇게 밝혔습니다.

"지난해에 《만학(晩學)》과 《대운(大雲)》 두 책을 보내주고 올해에
는 우경(藕畊)의 《문편(文編)》을 보내오니, 이러한 일은 모두 세상에
서 흔히 있는 일이 아니다. 천만 리 머나먼 곳에서 구입해오고, 그
것도 여러 해가 걸려서 얻은 것으로 일시에 얻을 수 있는 것이 아
니다. 더욱이 세상은 도도히 흐르는 물결처럼 오직 권세와 이익만
을 좇아 따라가서 마음을 기울이고 공력을 쏟아 붓는 것이 상례인
데, 권세와 이익에 붙지 않고 바다 밖에 있는 초췌하고 메마른 나
같은 사람에게 돌아왔도다.

태사공(太史公 : 사마천)이 말하기를, '권세와 이익으로 합한 자는
권세와 이익이 다하면 서로 멀어진다'고 하였다. 그대 역시 세상
의 도도한 흐름 가운데 있는 한 사람인데 도도히 권세와 이익의
바깥에서 초연히 스스로 분발하니, 권세와 이익으로 나를 보지 않
는 것인가 아니면 태사공의 말이 잘못된 것인가?
공자가 말하기를, '날이 추워진 다음에야 소나무와 잣나무가 여
전히 푸르다는 것을 알 수 있다'고 했다. 소나무와 잣나무는 사계
절 내내 시들지 않는 것이니, 날이 차가워지기 이전에도 한결같이
소나무와 잣나무이고 날이 차가워진 다음에도 한결같이 소나무
와 잣나무이다. 그러나 특별히 성인(聖人)은 날이 차가워진 다음을

칭찬하였는데, 지금 그대가 나를 대하는 것이 이전이라고 해서 더한 것이 없고 이후라고 해서 덜한 것이 없다. 이전에 나를 대한 것으로 말미암아 그대를 칭찬할 만한 것은 없다고 해도 이후로 나를 대하는 것으로 말미암아 그대는 성인이 칭찬한 것으로 역시 칭찬할 수 있지 않겠는가. 성인이 특별히 칭찬한 것은 단지 날이 차가워진 다음에 시드는 것이 아니라 정조와 굴하지 않는 절개에 있을 뿐이다."

세한도를 그릴 당시 김정희는 유배객의 불운한 신세였습니다. 그런데 이상적은 김정희가 높은 벼슬자리에 있을 때나 초라한 유배객으로 전락했을 때나 한결같은 마음과 행동으로 그를 대했습니다. 김정희는 그러한 이상적을 두고 《논어》 속 공자의 말을 떠올렸습니다. 비록 제자이지만 감사의 마음을 표현할 방법을 찾다가 붓과 종이 이외에 아무것도 허락하지 않은 유배객의 신세로 유일하게 할 수 있는 그림을 그려주기로 결심하게 됩니다. 그리고 그 한 점 그림 속에 자신의 마음을 온전히 담고 다시 '세한도'라는 멋들어진 제목을 붙였던 것입니다.

온갖 수풀이 푸르름을 자랑하는 계절에는 '소나무와 잣나무의 푸르름'은 빛을 발하지 못하지만, 날씨가 추워져 세상 만물이 시드는 계절이 찾아오면 오롯이 푸르름을 간직하고 있는 '소나무와 잣나무'의 존재를 비로소 깨닫게 됩니다. 권세와 재물을 가진 사람에게 잘하는 것은 어려운 일이 아닙니다. 이익이 따르기 때문입니다. 그러나 그 사람이 권세와 재물을 잃었을 때 잘하는 것은 쉬운 일이 아닙니다. 이익이 없기 때문입니다. 권세와 재물이 있을 때나 그렇지 않을 때나 한결 같은 마음을 갖고 대하는 사람을 가리켜 '진실된 마음'을 가졌다고 합니다.

일찍이 정몽주는 그러한 사람을 가리켜 '동심우(同心友)', 즉 '마음을 함께하는 벗'이라고 했습니다. 김정희가 '소나무와 잣나무의 푸르름'에 비유하여 이상적을 칭송한 것은 바로 때와 상황에 따라 마음을 바꾸지 않는 한결같은 처신에 있었다고 하겠습니다. 그런 의미에서 '세한도'를 그리는 그 순간 김정희에게 이상적은 더 이상 제자가 아닌 진실로 마음을 나누는 진정한 벗이었습니다.

주변에 많은 사람이 있다고 해도 추워지기 전이나 추워진 후나 다름없이 푸르름을 발하는 소나무와 잣나무와 같지 않다면 무슨 소용이 있겠습니까? 내게 재물과 권력과 명예가 있을 때는 물론이고 내가 궁색하고 옹색하고 초라해도 한결같은 마음으로 나를 대하는 사람만이 진정한 벗이라고 할 수 있습니다. 만약 그러한 사람을 한두 명이라도 벗으로 가지고 있다면 그 사람의 삶은 절반은 성공했다고 할 수 있습니다.

충성이란 맹목적 따름이 아닌
진실로 마음을 다하는 것

忠 : 中 + 心

충성 충   가운데 중   마음 심

'가운데 중(中)'과 '마음 심(心)'으로 구성된 '충성 충(忠)' 자는 마음에 중심(中心)이 서 있다는 뜻으로 풀이하면 이해하기 쉽습니다. 또는 마음(心) 가운데(中)에서 우러나오는 '참된 심정'을 뜻한다고도 해석할 수 있습니다. 따라서 '충성 충(忠)'은 진실로 마음을 다한다는 뜻이지, 결코 충성을 맹세한다는 뜻이 아닙니다.

옛사람들은 다른 사람을 대할 때 '서(恕)'와 함께 '충(忠)'의 가치와 의미를 대단히 귀중하게 여겼습니다. 예를 들어 증자는 "스승님(공자)이 말하는 사람의 도리는 충과 서가 있을 뿐이다"라고 말했습니다. 앞서 '서(恕)'에는 다른 사람의 처지를 헤아리고 살펴서 이해한다는 뜻이 담겨 있다고 말씀드렸습니다. '충(忠)'에는 다른 사람에게 참된 심정을 다하다 혹은 다른 사람에게 충실하다는 의미가 담겨 있습니다. 또한 증자는 충과 서의 도리는 한 가지로 뜻이 통한다고 말했습니다. 다른 사람의 처지를 헤아려 살피면 다른 사람에게 충실하게 되고, 참된 심정으로 다른 사람을 대하면 그 처지를 헤아려 이해하게 된다는 것입니다.

　중국 남송 시대 성리학의 태두 정이천은 다른 사람을 대할 때 '공평한 마음'을 갖기 위해서는 무엇보다 '충'과 '서'의 덕목이 중요하다고 언급했습니다. 그는 '충'의 요체는 '진실로 마음을 다하는 것'이라 했습니다. 또한 '서'의 핵심은 '자신의 마음을 헤아리고 살펴서 다른 사람의 마음을 미루어 이해하는 것'이라고 말합니다. 다른 사람에게 '진실로 마음을 다하고' 또한 '자신의 마음을 헤아리고 살펴서 다른 사람의 마음을 미루어 이해한다면' 저절로 공평하게 대하게 된다는 얘기입니다.

　참된 심정으로 다른 사람을 대한다는 것은 좀 더 구체적으로 말하면 '정직함'과 '진실함'과 '정성스러움'으로 대한다는 것입니다. 그런 의미에서 충직(忠直)한 사람 혹은 충성(忠誠)스러운 사람이란 다른 사람을 대할 때 정직하고 진실하고 정성스러운 사람이라고 말할 수 있습니다.

사람의 마음 바뀜을 두려워하되 원망해서는 안 된다

惕 : 心 + 易

두려워할 척　　마음 심　　바꿀 역

'두려워할 척(惕)' 자는 '마음 심(心)'과 '바꿀 역(易)'으로 구성되어 있는 한자입니다. '바꿀 역(易)'은 '쉬울 이(易)'로도 사용됩니다. 다시 말해 '척(惕)' 자는 마음을 쉽게 바꾸는 것은 두려워할 일이라고 해서 '두려워하다'는 뜻이 되었습니다. '척(惕)' 자를 파자(破字)하면 '역심(易心)'이 되는데, '역심'은 곧 마음을 바꾼다는 뜻입니다. 이 '역심'과 관련해 《소학(小學)》에는 다음과 같은 구절이 기록되어 있습니다.

"인자(仁者)는 불이성쇠개절(不以盛衰改節)이요, 의자(義者)는 불이존망역심(不以存亡易心)이라."

어진 사람은 융성(隆盛)과 쇠망(衰亡)으로 절개를 고치지 않고, 의로운 사람은 보존(保存)과 멸망(滅亡)으로 마음을 바꾸지 않는다는 뜻입니다. 이렇듯 흥망성쇠에 따라 마음을 바꾸지 않는 사람은 진실로 어질고 의로운 사람이라고 하겠지만, 실상 현실에서는 이로움을 따라 마음을 바꾸는 경우가 다반사입니다.

전국시대 제나라 맹상군은 빈객을 자신의 몸과 똑같이 대접했습니다. 이 때문에 그를 따른 빈객이 3,000여 명에 이르렀습니다. 그런데 맹상군이 권력을 잃자 빈객들은 하루아침에 모두 그의 곁을 떠나버렸습니다. 그 후 다시 맹상군이 권력을 차지하자 이들 빈객이 다시 구름떼처럼 모여들었습니다. 화가 난 맹상군은 권력이 있을 때나 없을 때나 한결같이 자신과 함께한 풍환에게 "그들이 무슨 낯으로 나를 본다는 말이오. 만약 나를 만나려고 한다면 반드시 그 얼굴에 침을 뱉어 모욕을 주겠소"라고 말했습니다.

빈객들을 향한 맹상군의 불평과 비난을 묵묵히 듣고 있던 풍환은 이렇게 말했습니다. "부유하고 지위가 귀하면 많은 사람들이 모여들고, 가난하고 지위가 낮으면 찾아오는 사람이 적어지는 것은 당연한 이치입니다. 시장을 찾아가는 사람들을 생각해보십시오. 새벽에는 너나없이 앞다투어 시장 문으로 들어가지만 날이 저물어 저녁이 되면 시장을 돌아보지도 않습니다. 사람들이 새벽을 좋아하고 저녁을 싫어하기 때문에 그럴까요? 날이 저물어 어두워지면 사고자 하는 물건이 시장 안에 없어서 아무런 이로움을 얻을 수 없기 때문입니다. 당신을 찾아오는 사람들의 마음도 이와 다르지 않습니다."

빈객들이 모여드는 것은 맹상군이 좋아서가 아니라 그가 가진 부귀와 권력의 이로움 때문이고, 빈객들이 떠나는 것은 맹상군이 싫어서가 아니라 그에게서 부귀와 권력의 이로움을 얻을 수 없기 때문이라는 얘기입니다. 이로움을 좇아 모이기도 하고 떠나기도 하는 것은 당연한 이치이므로, 그렇게 행동한다고 해서 빈객들을 내쫓는다면 어느 누가 맹상군의 곁에 남아 있겠느냐는 뜻이기도 합니다. 이렇듯 그 사람이 좋아도 이로움이 없으면 떠나고, 반대로 그 사람이 싫어도 이로움이 있으면 머무는 것이 세상사와 인간사의 이치입니다.

공자가 사람들에게 '견리사의(見利思義)', 즉 이로움을 보면 의로움을 생각하라고 가르친 까닭이 무엇이겠습니까? 그만큼 사람의 마음은 이로움에 따라 바뀌기 쉽기 때문입니다. 그런데 맹자는 비록 이로움을 보면 의로움을 생각하라는 뜻을 가르치더라도, 현실적으로 이로움을 따라 바뀌는 사람의 마음을 인정해야 한다고 주장했습니다. 왜냐하면 이로움이 있거나 없거나 상관없이 마음을 바꾸지 않는 사람은 극소수에 불과하고, 대다수의 사람들은 이로 움에 따라 다반사로 마음을 바꾸기 때문입니다. 그렇다면 이로움에 따라 마음을 바꾸는 사람들을 비난할 것이 아니라, 그들이 마음을 바꾸지 않을 현실적인 방법을 찾는 것이 더 바람직하다는 것이 맹자의 견해입니다. 그래서 맹자는 이렇게 말하고 있습니다.

"일정한 생업이 없어도 일정한 마음을 간직할 수 있는 사람은 오직 선비(士)뿐이다. 보통의 백성들은 일정한 생업이 없으면 일정한 마음을 지닐 수 없다. 일정한 생업이 없어서 일정한 마음을 지닐 수 없게 되면 생계에 얽매여서 이로움을 좇아 이리저리 방황하다가 방탕, 편벽, 사악, 사치 등을 가리지 않고 범죄를 저지르게 마련이다."

'무항산(無恒産) 유항심(有恒心)'은 일정한 생업이 없어도 일정한 마음을 간직한다는 뜻입니다. 이와 같은 마음은 선비와 같은 극소수의 사람들만이 실천할 수 있는 일입니다. '무항산(無恒産) 무항심(無恒心)'은 일정한 생업이 없으면 일정한 마음을 간직할 수 없다는 뜻입니다. 이와 같은 마음이 대다수 사람들의 현실적인 상황이요, 처지입니다. 그러므로 '항산항심(恒産恒心)'이 무엇보다 중요합니다.

생계와 생활을 유지할 수 있는 '일정한 생업(恒産)'을 갖고 있어야 변함없이 '일정한 마음(恒心)'을 유지할 수 있습니다. 이로움을 보면 의로움을 생각하라는 도덕 윤리와 같은 공자의 가르침만으로는 이로움을 좇아 이렇게 바뀌고 저렇게 바뀌는 사람의 마음을 막을 수 없습니다. 오히려 맹자처럼 사람이 자신의 마음을 바꾸지 않고 지킬 수 있는 현실적인 방법을 세우는 것이 훨씬 더 현명하고 지혜롭다고 할 수 있습니다. 맹자와 같은 방법이 선행된 다음에야 공자와 같은 가르침이 효과를 발휘할 수 있습니다. 마음을 쉽게 바꾸는 것을 두려워하라는 뜻을 담고 있는 '척(惕)' 자의 참된 가치를 맹자의 말에서 찾아야 할 까닭이 바로 여기에 있다고 하겠습니다.

잘 듣는 것만으로도
사람의 마음을 얻을 수 있다

聽 : 耳 + 王 + 十 + 目 + 一 + 心

들을 청　　귀 이　　임금 왕　　열 십　　눈 목　　한 일　　마음 심

'들을 청(聽)' 자는 '귀 이(耳)'와 '임금 왕(王)'과 '열 십(十)'과 '눈 목(目)'과 '한 일(一)'과 '마음 심(心)'이 합해져서 만들어진 한자입니다. '임금의 귀(耳)'와 '열 개의 눈(目)'과 '하나의 마음(心)'을 모두 합해서 '듣다'는 뜻의 '청(聽)' 자가 만들어진 것처럼, 이 한자에는 듣는다는 것은 그만큼 어렵고 신중하고 중요하다는 의미가 담겨 있습니다.

사람의 몸에서 입은 한 개지만 귀가 두 개인 까닭은 무엇일까요? 거기에는 하나의 입으로는 말을 적게 하는 것을 미덕으로 삼고, 두 개의 귀로는 귀 기울여 듣는 것을 미덕으로 삼으라는 뜻이 담겨 있습니다.

'들을 청(聽)'과 비슷한 뜻을 가진 한자로는 '들을 문(聞)'이 있습니다. 그렇다면 '들을 청'과 '들을 문'은 어떤 차이가 있을까요? 들을 문(聞)은 '저절로 들리다'는 뜻입니다. '(들려오는 소리를) 듣다'는 뜻의 영어 '히어(hear)'와 비슷하다고 생각하시면 됩니다. 반면 들을 청(聽)은 '주의 깊게 듣다'는 뜻입니다. '(귀 기울여) 듣다'는 뜻의 영어 '리슨(listen)'과 비슷하다고 생각하시면 됩니다.

　이러한 까닭에서일까요? 들을 문(聞)에는 '듣다'는 뜻 외에 '알다' 혹은 '깨우치다'는 뜻도 있습니다. 저절로 들어서 알게 되고 깨우치게 된다는 의미입니다. 반면 들을 청(聽)에는 '듣다'는 뜻 외에 '살피다' 또는 '허락하다'는 뜻이 있습니다. 주의 깊게 듣게 되면 자세하게 살피게 되고, 자세하게 살피다 보면 허락하게 된다, 즉 받아들이게 된다는 의미입니다. 그런 점에서 '들을 청(聽)'에 담겨 있는 듣는다는 뜻은 단순히 듣는 것이 아니라 곧 '경청(傾聽)'을 의미한다고 하겠습니다.

　'경청'은 진심으로 주의를 기울여 듣는 것을 말합니다. 경청을 언급할 때 주목해야 할 고사성어가 '이청득심(以聽得心)'입니다. '이청득심'에는 귀 기울여 경청하는 일은 사람의 마음을 얻는 최고의 지혜라는 뜻이 담겨 있습니다. 귀 기울여 경청하면 왜 사람의 마음을 얻을 수 있을까요? 다른 사람의 말을 경청하면 공감하는 마음이 생깁니다. 공감하는 마음이 생기면 역지사지(易地思之), 곧 다른 사람의 처지에서 이해하고 생각해보게 됩니다. 이렇게 하게 되면 다른 사람의 아픔, 고통, 기쁨, 슬픔이 나의 아픔, 고통, 기쁨, 슬픔과 별반 다르지 않다는 것을 알게 됩니다. 그래서 다른 사람의 아픔을 나의 아픔으로, 다른 사람의 고통을 나의 고통으로, 다른 사람의 기쁨을 나의 기쁨으로, 다른 사람의 슬픔을 나의 슬픔으로 받아들이게 됩니다. 이렇게 하는데 어떻게 사람의 마음을 얻지 않을 수 있겠습니까?

특별히 '이청득심'은 역사상 가장 광대한 제국을 건설한 몽골의 칭기즈칸과 관련이 있는 고사성어로 알려져 있습니다. 칭기즈칸은 이렇게 말했다고 합니다. "배운 것이 없다고 탓하지 말라. 나는 이름도 쓸 줄 몰랐다. 하지만 다른 사람의 말에 귀 기울이며 현명해지는 법을 배웠다. 지금의 나를 가르친 것은 내 귀였다."

다른 사람의 말을 귀 기울여 듣는 것, 곧 경청은 평범한 인간 테무친이 위대한 인간 칭기즈칸으로 탈바꿈할 수 있었던 근본적인 원동력이었습니다. 경청을 통해 현명하고 지혜로워지는 법을 배웠기 때문에 테무친은 칭기즈칸이 될 수 있었습니다.

경청으로 일세를 풍미한 또 다른 인물로는 당태종을 꼽을 수 있습니다. 당태종은 형제를 살해한 권력 찬탈자라는 불명예를 뒤집어쓰고 황제의 자리에 올랐습니다. 하지만 황제의 자리에 오른 후 당태종은 중국사 최고의 태평성세라고 불리는 '정관(貞觀)의 치(治)'를 연 현군이자 명군으로 거듭났습니다. 당태종이 이렇게 된 까닭은 신하들의 간언과 직언을 귀 기울여 경청했기 때문입니다.

이러한 까닭에 일찍이 노자는 지치(至治) 즉 지극한 다스림의 이치를 '경청'에서 찾았습니다. 노자의 철학은 잘 알려져 있다시피 '무위지치(無爲之治)'입니다. 무위지치는 아무 일도 하지 않아도 자연히 다스려진다는 뜻입니다. 다시 말해 다스리지 않고 다스리고 또한 다스리려고 하지 않아도 다스려지는 경우를 말합니다.

그런데 아무 일도 하지 않는다는 말은 무슨 뜻일까요? 임금은 단지 묻고 듣기만 할 뿐 스스로 다스림의 도리(원칙과 기준)를 세우지 않는다는 뜻입니다. 애써 도리를 세우지 않아도 임금이 백성들에게 열심히 묻고, 백성들의 말을 귀 기울여 듣게 되면 세상은 스스로 도리를 찾아서 돌아가기 때문에 다스리려고 하지 않아도 저절로 다스려진다는 뜻입니다. 이러한 까닭에 노자에게 경청은 사람이 지녀야 할 최고의 덕목 중의 하나였습니다.

구태여 칭기즈칸이나 당태종 그리고 노자와 같은 거창한 인물들의 사례를 거론하지 않더라도 만약 사람들에게 누가 가장 호감을 갖게 하느냐고 묻는다면, 많은 이들이 '자신의 말을 진심으로 귀 기울여 들어주는 사람'이라고 답변할 것입니다. 그런 의미에서 만약 사람의 마음을 얻고 싶다면 무엇보다 경청에 힘써야 합니다. 사람의 마음을 얻을 수 있는 강력한 힘이 바로 '경청'에 있기 때문입니다.

함부로 뱉은 말은 주워 담지 못하듯
한번 깨진 믿음은 회복하기 어렵다

信 : 人 + 言

믿을 신　사람 인　말씀 언

사람과 사람 사이의 관계에서 가장 중요한 덕목은 무엇일까요? 여러 가지 답변이 나올 수 있겠지만, 다른 무엇보다 중요한 덕목은 바로 '믿음'이 아닐까요? '믿음'으로 맺어진 관계는 오래갈 수 있지만, '믿음'이 깨진 관계는 단 한 순간도 유지될 수 없기 때문입니다. 인간관계에서 가장 중요한 덕목이라고 할 수 있는 '믿음'에 대해 생각할 때 떠오르는 한자가 바로 '믿을 신(信)' 자입니다.

'믿을 신'은 사람(人)의 말(言)은 믿을 수 있어야 한다는 뜻에서 파생된 한자입니다. 다시 말해 '믿음'에서 '사람의 말'보다 더 중요한 것은 없다는 의미가 담겨 있습니다. 옛사람들이 사람과 사람 사이의 '믿음'에서 말의 가치를 얼마나 높게 여겼는지에 대해서는, 약속을 지키지 않고 믿음을 배반하는 행위를 가리켜 말을 먹어버린다는 뜻의 '식언(食言)'이라고 표현한 것에서도 확인할 수 있습니다.

　사서삼경(四書三經) 중 하나인 《서경(書經)》은 공자가 요순(堯舜) 시대부터 하(夏)나라 시대, 상(商 : 殷)나라 시대 그리고 주(周)나라 시대에 이르기까지 인덕(仁德)으로 나라와 백성을 다스린 제왕들의 기록과 문서를 수집하여 편찬한 책입니다. 이 《서경》 가운데 상나라(은나라)의 문헌과 기록을 모아 엮은 〈상서(尙書)〉 편에 보면 '탕서(湯誓)'라는 제목의 글이 나옵니다. 이 글은 '탕왕의 맹서'라는 뜻으로, 상나라를 개국한 탕왕이 하나라의 폭군 걸왕을 정벌하러 군사를 동원할 때 천하의 민심을 모으기 위해 발표한 것입니다.

　이 글 가운데 "나는 결코 식언(食言)하지 않는다. 그대들이 내가 맹서한 말을 따르지 않는다면, 나는 그대들을 처자식과 함께 죽일 것이다. 용서하는 일은 절대로 없다"라는 구절이 나옵니다. 우리가 오늘날 흔히 거짓말 혹은 헛된 말이라는 뜻으로 사용하고 있는 '식언'은 여기 탕왕의 글에 최초로 등장합니다. '식언'은 의역을 하면 거짓말 혹은 헛된 말이지만, 직역을 하면 '말을 먹는다 혹은 말을 삼킨다'는 뜻입니다. 자신이 한 말을 다시 입속에 삼켜버린다는 것으로, 자신이 한 말을 지키지 않는다는 뜻입니다.

"옛사람들이 말을 쉽게 내뱉지 않은 것은 자신의 행동이 거기에 미치지 못할 것을 두려워했기 때문이다"라고 한 공자의 말을 통해서도 말이 믿음과 얼마나 직접적으로 관련되어 있는지 짐작해볼 수 있습니다. 즉 말만 하고 실천하지 않으면 믿음을 잃게 되므로 말을 쉽게 내뱉어서는 안 된다는 것입니다. 믿음을 잃은 사람의 말을 누가 신경 써서 듣겠습니까?

그런 의미에서 믿음을 잃으면 세상 모든 것을 잃는다고 해도 과언이 아닙니다. 믿음을 잃게 되는 가장 큰 원인은 바로 '말'에 있기 때문에, 믿음을 얻기 위해서는 반드시 말이 바로서야 합니다. 옛날 한자를 만든 사람이 '사람 인(人)'과 '말씀 언(言)'을 합쳐서 '믿을 신(信)' 자를 만든 이유가 여기에 있다고 하겠습니다.

'참된 즐거움'을 누리기 위한
세 가지 조건

樂 : (상형문자)
즐거울 락

'즐거울 락(樂)'이라는 한자는 나무 위에 거문고 같은 현악기를 놓은 형상에다가 북(白)의 모양을 더해 만든 상형문자입니다. 즐거움에는 여러 가지가 있지만, 여기에서는 홀로 누리는 즐거움인 '독락(獨樂)'과 다른 사람과 더불어 누리는 즐거움인 '중락(衆樂)'에 대해 생각해보는 시간을 갖도록 하겠습니다.

《논어》는 다음과 같은 구절로 시작합니다.

"학이시습지(學而時習之)면 불역열호(不亦說乎)아! 유붕(有朋)이 자원방래(自遠方來)면 불역락호(不亦樂乎)아! 인부지이불온(人不知而不慍)

이면 불역군자호(不亦君子乎)아!"

풀이하면 "배우고 때로 익히면 또한 기쁘지 아니한가! 벗이 있어 먼 곳에서 찾아오면 또한 즐겁지 아니한가! 다른 사람이 나를 알아주지 않는다고 해도 노여워하지 않으면 또한 군자가 아니겠는가!"라는 뜻입니다. 《논어》를 관통하는 공자의 철학과 사상은 여기 첫머리를 장식하고 있는 세 문장에 모두 담겨 있다고 해도 과언이 아니라고 생각합니다. 공자는 여기에서 사람의 참된 즐거움은 권력과 재물과 출세와 이욕(利慾)에 있지 않다고 말합니다. 그는 사람이 누리는 참된 즐거움의 첫 번째 조건은 "배우고 때로 익히면 또한 기쁘지 아니한가!"라고 말합니다.

여기에는 지식의 즐거움 곧 앎의 즐거움이 담겨 있습니다. "벗이 있어 먼 곳에서 찾아오면 또한 즐겁지 아니한가!"라는 구절에는 참된 즐거움의 두 번째 조건, 곧 소통의 즐거움 곧 나눔과 연대의 즐거움이 담겨 있습니다. 첫 번째 즐거움인 지식의 즐거움은 두 번째 즐거움인 소통과 연대의 즐거움이 없다면 '독락(獨樂 : 홀로 누리는 즐거움)'에 불과할 뿐입니다. 독락은 소통과 연대의 즐거움이 함께할 때 비로소 '중락(衆樂 : 다른 사람과 더불어 누리는 즐거움)'으로 변할 수 있습니다.

'독락'과 '중락'에 관련해서는 공자가 자신의 정치사상인 덕치 (德治)의 모델로 삼았던 요임금과 공자 사후 유학의 도통을 계승한 맹자에 얽힌 재미있는 이야기가 전해옵니다. 먼저 요임금의 고사 는 《장자(莊子)》〈천지(天地)〉편에 나옵니다.

화(華)라는 땅을 지키는 화봉인(華封人)이 어느 날 요임금에게 "장수를 누리고, 부를 쌓고, 대를 이을 많은 아들을 낳으십시오"라 는 세 가지 축복의 말을 올렸습니다. 이 말에 요임금은 "오래 살면 욕되는 일이 많고, 부자가 되면 해야 할 일이 많고, 아들이 많으면 걱정이 많다"면서 화봉인의 세 가지 축원을 사양했습니다. 요임금 이 이렇게 한 까닭은 인간이 누릴 수 있는 모든 즐거움을 독차지 하는 일, 즉 '독락'을 커다란 재앙으로 여겼기 때문입니다.

맹자의 고사는 《맹자》〈양혜왕 하(梁惠王下)〉편에 나오는데, 여기 에서 맹자는 제나라 선왕과 다음과 같은 대화를 나눕니다. 맹자를 만난 제나라 선왕은 자신은 세속에서 즐기는 음악을 좋아한다고 말합니다. 그러자 맹자는 "홀로 누리는 즐거움(獨樂)과 다른 사람 과 더불어 누리는 즐거움(人樂) 가운데 어떤 것이 더 즐겁습니까?" 라고 묻습니다. 이에 선왕이 "다른 사람과 더불어 즐기는 것이 좋 습니다"라고 답변합니다. 그러자 맹자는 다시 "적은 수의 사람과 더불어 누리는 즐거움(少樂)과 수많은 백성과 더불어 누리는 즐거움(衆樂) 중 어느 것이 더 즐겁습니까?"라고 묻습니다. 이에 선왕은 "수많은 백성과 더불어 누리는 즐거움이 좋습니다"라고 대답했습니다.

요임금과 맹자와 관련된 두 가지 이야기는 모두 세상의 즐거움을 홀로 독차지하는 독락(獨樂)보다는 세상 사람들과 더불어 즐거움을 누리는 중락(衆樂)이 '참된 즐거움'이라는 사실을 일깨워줍니다. 《논어》 첫머리에서 공자가 말한 소통과 연대의 즐거움 역시 이와 다르지 않습니다. 지식, 곧 앎이란 결코 '독락'을 위해서가 아니라 다른 사람과 소통하고 연대하고 나누는 것이 될 때 비로소 '참된 즐거움'이 될 수 있는 것입니다.

그리고 공자는 사람이 누리는 참된 즐거움의 세 번째 조건으로 "다른 사람이 나를 알아주지 않는다고 해도 노여워하지 않으면 또한 군자가 아니겠는가!"라고 말합니다. 공부란 자기 수양과 자기만족 그리고 자신이 세운 뜻을 이루기 위해 견문을 쌓고 지식을 습득하고 사상을 체득하는 공부여야만 '참된 즐거움'을 누릴 수 있습니다. 다른 사람에게 보이기 위해, 혹은 다른 사람에게 자신이 얼마나 많이 알고 있는지를 과시하기 위해, 또는 명예와 이익을 얻기 위해 공부하는 사람은 끊임없이 다른 사람과 경쟁해 이기려고 합니다. 그렇게 되면 공부는 명예와 출세와 이익의 수단이 될 뿐입니다. 여기에는 자기 창조보다는 자기 파괴, 자기 긍정보다는 자기 부정이 존재할 수밖에 없습니다.

　끊임없이 자신과 다른 사람을 비교하고 경쟁하는 사람은 자신이 다른 누구보다 뒤떨어져 있다고 생각하는 순간 스스로를 부정하고 비난하며 불행하다고 여기기 때문입니다. 그러나 자신이 하고 싶은 것, 자신이 잘하는 것, 자신이 즐거운 것을 하는 사람은 다른 사람이 알아주든 말든 상관하지 않습니다. 단지 자신이 하고 싶고, 잘하고, 즐겁기 때문에 공부할 뿐입니다. 그렇기 때문에 그 공부는 자기 창조와 자기 긍정의 공부가 될 수밖에 없습니다. 공자의 시각에서 보자면, '앎의 즐거움'과 '소통과 연대의 즐거움'에 다시 '자기 창조와 자기 긍정의 즐거움'이 더해질 때 비로소 그 사람의 삶은 '참된 즐거움'이 된다고 하겠습니다.

자존심을 세워야 할 때와
굽혀야 할 때는 언제인가

面 : (상형문자)
―――
얼굴 면

'얼굴 면(面)' 자는 사람의 얼굴과 그 윤곽을 나타내고 있는 상형문자입니다. 특히 사람의 얼굴 가운데에서도 눈을 두드러지게 표현하고 있습니다. 옛사람들 역시 요즘 우리들처럼 사람의 얼굴을 구성하고 있는 이목구비(耳目口鼻) 가운데에서 '눈'을 특별히 중요하게 여겼다는 사실을 알 수 있습니다.

사람의 얼굴 가운데 '눈'을 얼마나 중요하게 여겼는지는 '얼굴 생김새'를 뜻하는 한자어가 다름 아닌 '면목(面目)'이라는 점만 봐도 짐작할 수 있습니다. 대개 눈을 가리켜 '마음의 창'이라고 말합니다. 눈빛을 보면 그 사람의 마음을 알 수 있기 때문입니다.

그런데 면목은 단지 '얼굴 생김새'만을 뜻하지 않습니다. 오히려 면목은 체면(體面) 혹은 염치(廉恥)의 뜻에 더 가깝습니다. 예를 들어 사람들은 체면이 깎이는 일을 하게 되면 '면목이 서지 않는다'고 말하고, 염치없는 일을 하게 되면 '면목이 없다'고 말합니다. 부끄러워서 얼굴을 들 수 없을 때에도 면목이 없다고 하는 것을 보면, '면목'이란 한자어는 사람의 외모보다는 내면, 즉 자존심을 표현한다고 하겠습니다.

쇠로 만든 낯가죽이라는 뜻의 '철면피(鐵面皮)' 역시 사람의 외양보다는 마음속에 부끄러움도 없고 염치도 모르는 사람을 가리켜 하는 말입니다. '철면피'라는 말은 송나라의 손광헌이 지은 《북몽쇄언(北夢瑣言)》에 나오는 말입니다. 왕광원이라는 사람은 학문에 재주가 있어 벼슬길에 올랐지만 출세를 위해 권세가를 찾아다니며 아첨하는 짓도 꺼리지 않았습니다. 특히 그는 다른 사람이 있든 없든 상관하지 않고 아첨을 일삼았습니다.

어느 날 술에 취한 권세가가 왕광원을 채찍으로 때리려고 하는 일이 있었습니다. 그런데 왕광원은 주변에 여러 사람이 있는데도 수치심과 자존심이라고는 눈곱만큼도 없는 사람처럼 당신을 위해서라면 기꺼운 마음으로 매를 맞겠노라고 아첨을 하는 것이 아니겠습니까! 그리고 실제로 권세가가 왕광원의 등을 사정없이 때리자, 화를 내기는커녕 오히려 비위를 맞추며 아첨하는 말을 쉼 없이 늘어놓았습니다.

이때 이 모습을 지켜보고 있던 어떤 사람이 많은 사람들 앞에서 이런 짓을 당하고 창피하지도 않느냐면서 핀잔을 주자, 왕광원은 아무 일도 아니라는 듯이 이렇게 말했습니다. "당신 말이 맞소. 하지만 권세가에게 잘 보여서 내가 손해볼 것은 없잖소."

이로 말미암아 당시 사람들은 그를 가리켜 "왕광원의 얼굴 가죽은 무쇠를 열 장 겹쳐 놓은 철갑(鐵甲)처럼 두껍구나"라고 말했습니다.

그런데 왕광원처럼 면목 없는 짓도 태연하게 저지르는 '철면피' 같은 사람이 있는가 하면, 면목 때문에 스스로 몰락의 길을 선택한 사람도 있습니다. 그 사람은 바로 역발산기개세(力拔山氣蓋世 : 힘은 산을 뽑을 만하고, 기백은 세상을 덮을 만하다)의 천하장사 '항우'입니다.

항우는 강동의 정예병사 8천 명을 얻은 다음 서쪽으로 진격해서 진나라를 멸망시키고 스스로 서초패왕(西楚覇王)의 자리에 올랐습니다. 그러나 한나라 고조 유방과 천하 패권을 두고 다투다 해하 전투에서 결정적으로 패배한 그는 유방의 군대에게 쫓기다가 오강(烏江) 가에 이르게 되었습니다. 오강만 건너면 처음 거병할 때 정예병사 8천 명을 얻었던 강동으로 돌아가서 다시 군사력을 회복해 훗날을 도모할 수 있었습니다. 당시 죽기를 각오하고 끝까지 항우를 따라온 부하들도 빨리 강을 건너 적군의 추격을 벗어날 것을 재촉했습니다. 그런데 항우는 강을 건너기를 거부했습니다.

"내가 처음 강동의 젊은이 8천 명을 이끌고 강을 건너 서쪽으로 나아갔는데, 지금 한 사람도 살아 돌아오지 못했다. 설령 강동의 부모 형제들이 빈손으로 돌아온 나를 왕으로 삼아주고 군사를 모아준다 해도, 내가 무슨 면목(面目)으로 다시 그들을 대하겠는가? 비록 강동 사람들이 나를 질책하거나 비난하지 않는다 해도 나 스스로 부끄러워 그렇게 할 수가 없다."

자신과 함께한 강동의 젊은이들을 다 잃은 마당에 다시 그들의 부모 형제에게 왕 노릇을 하겠다고 나서고 또한 군사를 모아 달라고 하는 것은 부끄러운 일이기 때문에 참으로 면목이 없는 짓이라는 게 항우의 생각이었습니다. 그럼 항우는 어떻게 했을까요? 강을 건너기를 거부하고 홀로 유방의 군대와 맞서 싸우다가 스스로 목을 찔러 죽음을 맞았습니다. 항우의 말을 보면, 그가 그 어떤 권력과 이익보다 자신의 면목을 소중하게 여겼다는 사실을 깨달을 수 있습니다. 자신의 목숨보다 면목을 더 소중하게 여긴 셈이지요.

왕광원처럼 출세와 이익을 위해 면목 따위는 상관없이 권력자에게 아첨을 일삼고 비위나 맞추는 '철면피'가 될지, 아니면 면목 때문에 재기(再起)의 기회도 차버리고 스스로 죽음을 선택한 항우와 같은 사람이 될지는 각자가 선택해야 할 몫입니다. 사람이 살아가면서 이로움을 위해 면목을 버릴 것인가, 아니면 면목을 위해 이로움을 버릴 것인가를 선택해야 할 상황에 닥쳤을 때, 무엇을 선택할지를 결정하는 일은 참으로 어려운 문제입니다.

옛사람에게 배우는 가르침의 기술

訓 : 言 + 川

가르칠 훈　　말씀 언　　내 천

'가르칠 훈(訓)' 자는 '말씀 언(言)'과 '내 천(川)'으로 구성되어 있는 한자입니다. 냇물(川)이 흐르듯 순리에 맞는 바른 말(言)을 한다고 해서 '가르치다'라는 뜻의 글자가 되었습니다. 사람이 누군가를 가르치는 일 가운데 어느 것 하나 중요하지 않는 가르침이 없겠지만, 만약 그중 가장 중요한 가르침을 꼽으라고 한다면 단연 '자식을 가르치는 일'이 아닐까요?

그래서 옛사람들은 반드시 가훈(家訓)을 두고 자손들을 가르쳤습니다. 심지어 위진남북조 시대의 안지추와 북송 시대의 사마광은 《안씨가훈(顏氏家訓)》과 《가범(家範)》이라는 방대한 분량의 가훈을 저술해 남길 정도로 자손을 가르치는 일을 중요하게 여겼습니다. 조선의 선비들도 마찬가지였습니다. 이 때문에 그들이 자식들을 가르친 수많은 글과 기록이 지금까지 전해옵니다.

그런데 이들 글과 기록 가운데에서 다른 무엇보다 눈길을 끄는 것은 세조와 성종 때 유명한 학자였던 사숙재 강희맹이 남긴 '훈자오설(訓子五說 : 자식을 가르치는 다섯 가지 이야기)'입니다. 강희맹은 아버지가 자식을 가르치는 마음을 농부가 곡식을 기르는 마음에 견주었습니다. 곡식을 잘못 기르면 온 가족이 굶주리게 되듯이 자식을 잘못 가르치면 온 가족이 위태로운 재앙을 당하게 되기 때문입니다. 이 '훈자오설' 가운데 특히 흥미로운 이야기가 오줌통에 비유한 가르침인 '요통설(溺桶說)'입니다.

조선시대 큰 저잣거리의 으슥한 곳에는 관청에서 설치해놓은 오줌통이 있었습니다. 저잣거리 사람들이 급하게 볼일을 봐야 할 경우를 대비해서 설치해놓은 것입니다. 다만 양반사대부의 신분으로 몰래 그곳에다 오줌을 누면 '불결한 죄를 범한 형벌'로 다스렸습니다. 양반의 체면과 체통을 손상시켰다고 여겼기 때문입니다. 그런데 저잣거리 근처에 사는 양반 가문의 어떤 자식 하나가 몰래 드나들며 그곳에다 오줌을 누었습니다. 이 사실을 안 아버지가 심하게 나무라고 금지시켰으나, 그 자식은 말을 듣지 않고 매일같이 거기다 오줌을 누었습니다.

당시 오줌통을 맡아 관리하는 사람은 양반가 자식의 행동을 제지하고 싶었으나 그 아버지의 위세가 두려워 감히 말도 꺼내지 못했습니다. 저잣거리 사람들 역시 모두 불쾌하게 여겼지만 감히 입 밖으로 발설하지는 못했습니다. 이 때문에 양반가의 자식은 더욱 즐거워하면서 무슨 대단한 일이나 하는 것처럼 생각해 간혹 사람들이 두려워 감히 오줌을 누지 못하면 오히려 "겁쟁이구만. 왜 그토록 두려워하는 거지? 나는 매일같이 오줌을 뉘도 아직까지 아무런 탈이 없는데 말이야. 무엇이 그렇게 두려운가?"라고 하며 비웃곤 했습니다.

자식이 제멋대로 행동하고 다닌다는 말을 들은 아버지는 다시 그를 불러 "저잣거리는 수많은 사람이 드나드는 곳이며 여러 사람의 눈이 지켜보고 있는 곳이다. 그런데 너는 양반가의 자손으로 공공연히 대낮에 저잣거리 속으로 들어가 오줌을 누고 있다. 부끄럽지도 않느냐? 다른 사람의 눈에 미천하고 사악하게 보일 뿐 아니라 자칫 화(禍)가 따를 수도 있는데, 무슨 이로울 게 있다고 감히 그런 짓을 하느냐?"라며 호되게 나무랐습니다.

하지만 자식은 되레 "처음에는 저잣거리 사람들이 제가 그곳에 오줌 누는 모습을 보고 모두 비웃었습니다. 그러다가 나중에는 점차 비웃는 자도 줄어들고 또한 제지하는 자도 없었습니다. 지금은 사람들이 제가 오줌 누는 모습을 옆에서 지켜보면서도 비난조차 하지 않습니다. 그러니 제가 오줌을 눈다 하더라도 양반가의 체통이 상할 리 있겠습니까?"라고 대답했습니다.

자식의 황당한 대답에 아버지는 "슬픈 일이로다. 네가 이미 다른 사람에게 버림받은 존재가 되어버렸구나. 처음에 사람들이 모두 비웃은 것은 너를 양반가 자식으로 여겼기 때문이다. 네가 비웃음을 당하면 스스로 멈추기를 바랐던 것이다. 중도에 점차 비웃음이 줄어든 이유는 양반집의 자식으로 여기지 않은 것이라고 할 수 있다. 그런데 지금 옆에서 보면서도 아무런 비웃음이나 나무람이 없는 것은 너를 사람으로 생각하지 않기 때문이다. 보거라, 개돼지 새끼가 길바닥에 오줌을 싼다고 해서 사람들이 비웃더냐. 사람이 잘못을 저지르는데도 비웃지 않는 이유는 개돼지와 같은 부류이기 때문이다. 이 얼마나 슬픈 일이냐."라고 했습니다.

이 말에 자식은 "옆에 있는 사람들은 잘못되었다고 여기지 않는데, 아버지만 잘못되었다고 나무라십니다. 소원한 사람은 공정하고 친한 사람은 사사로운 감정이 앞서는 법입니다. 그런데 왜 소원한 사람은 공정하다고 하는데, 아버지께서는 사사로운 감정을 가지고 저를 꾸짖으십니까?"라고 대꾸했습니다.

그러자 아버지는 "공정하기 때문에 사람들은 너의 잘못을 보고

도 너를 내다버린 물건 취급하듯 거들떠보지 않고, 옳고 그름을 따지지도 않는다. 나는 오직 사사로운 감정이 있기 때문에 네 잘못을 보면 마음이 쓰리고 머리가 아파서 혹여 잘못을 고치기를 바라는 것이다. 사사로운 감정이 슬프지 않으냐? 부모가 없는 사람은 또한 나무라고 깨우쳐 주는 사람도 없는 법이다. 내가 죽고 나면 내 말의 뜻을 깨닫게 될 것이다"라고 했습니다. 하지만 이 같은 아버지의 꾸지람을 듣고 난 후에도 자식은 바깥에 나가 다른 사람들에게 "늙은 아버지가 제대로 듣지도 않고 잘 알지도 못하면서 나만 나무라고 꾸짖는다"고 말하고 다녔습니다.

그 후 얼마 지나지 않아 그 아버지가 세상을 떠났습니다. 이윽고 그 양반가의 자식이 평소처럼 오줌 누던 곳에 가서 볼일을 보고 있는데, 갑자기 머리 뒤에서 바람이 일 듯 혹독한 매가 이마를 때려 정신을 잃고 기절했습니다. 정신을 차리고 깨어난 후 때린 자를 붙들고 "어떤 죽일 놈이 감히 나를 때렸느냐? 내가 이곳에 오줌을 눈 지 10년이 다 되어 가는데도 온 저잣거리 사람들이 왜 그러느냐는 말 한마디도 하지 않았다. 어떤 죽일 놈이 감히 나를 건드리느냐?"며 화를 냈습니다.

그러자 매를 때린 사람이 말하기를 "온 저잣거리 사람들이 10여 년을 참고 지내다가 이제야 분풀이를 한 것이다. 네가 아직

도 주둥아리를 놀리는구나"라고 했습니다. 그리고 그를 옴짝달싹 못하게 묶어서 저잣거리 한복판에 두고 다투어 기왓장과 자갈을 던졌습니다. 호되게 혼이 나고 그 자리에 쓰러진 양반가의 자식은 결국 그 집 사람들이 떠메고 돌아갔는데, 한 달이 다 지나도록 자리에서 일어나지 못했습니다.

그런 다음에야 그는 돌아가신 아버지의 가르침을 생각하며 슬프게 울면서 스스로를 나무랐습니다. "아버지 말씀이 꼭 들어맞는구나. 농담과 웃음 속에 칼날이 감춰져 있고 분노와 꾸짖음 속에 진심이 숨어 있다는데, 이제 아무리 그 지극한 이치를 들으려고 해도 들을 수가 없구나."

여기 '오줌통의 가르침'을 통해 강희맹은 자신의 자식에게 크게 두 가지를 가르쳐 주었습니다.

첫째는 권세 있는 사람의 자식이 잘못을 저질러도 말하지 않는 까닭은 그 잘못을 미워하지 않기 때문이 아니라 권세 있는 아버지에게 미움 사는 것을 두려워하기 때문입니다. 따라서 아버지가 권세를 잃거나 또는 아버지가 죽고 난 이후에는 반드시 자식이 저지른 일에 대한 대가를 치르게 되어 있으므로 항상 겸손하고 겸허한 마음으로 살아야 한다는 가르침입니다.

둘째는 농담과 웃음 속에 칼날이 감춰져 있는 것처럼 권세가 있을 때 아첨하고 아부하는 사람은 권세를 잃으면 반드시 감춰진 칼날을 드러내게 마련이고, 분노와 꾸짖음 속에 진심이 숨어 있는 것처럼 권세가 있을 때 바른 말로 잘못을 나무라는 사람은 권세를 잃었다고 해서 그 사람을 다르게 대하지 않는다는 가르침입니다.

권세가 있고 지위가 높을수록 자신에게 아첨과 아부하는 사람의 '가식(假飾)'을 경계해야 하고, 자신에게 바른 말로 꾸짖는 사람의 '진심(眞心)'을 가까이해야 합니다. 권세가 있었을 때의 세상인심과 권세를 잃었을 때의 세상인심은 하늘과 땅만큼이나 차이가 납니다. 권세가 있을 때 처신을 신중하게 하지 않고, 또한 권세를 잃었을 때 처신을 삼가지 않으면 반드시 큰 횡액을 당하게 됩니다. 권세가 있을 때나 권세를 잃었을 때나 모두 한결같이 처신을 조심해야 한다는 얘기입니다.

옛사람들은 이렇듯 '가르칠 훈(訓)'처럼 냇물이 흐르듯 순리에 맞는 바른 말로 자식들을 가르쳤습니다. 무턱대고 나무라거나 무조건 감싸기만 하는 요즘의 자식 교육에 비교해보면, 강희맹의 '훈자오설'에 담긴 가르침의 방법은 한 번쯤 눈여겨볼 만하다고 하겠습니다.

처음과 끝이 한결같기 어려운
열 가지 이유

終 : 糸 + 冬
마칠 종　　실 사　　겨울 동

'처음'이 있으면 반드시 '끝마침'이 있게 마련입니다. 끝마침을 뜻하는 대표적인 한자는 '마칠 종(終)'입니다. '실 사(糸)'와 '겨울 동(冬)'이 합쳐져 만들어진 한자입니다. '겨울 동'은 사계절의 끝이 겨울이기 때문에 '마치다'는 뜻이 됩니다. 또한 '실 사'는 바느질을 다 하고 난 다음 실을 매듭지으면서 마무리를 하기 때문에 '마치다'는 뜻이 됩니다.

이렇듯 '마치다'는 뜻을 담고 있는 두 한자가 합쳐져 '마칠 종(終)' 자를 이루게 된 것입니다. 이 점만 보더라도 이 한자에는 끝을 잘 마무리 짓는다는 뜻이 담겨 있음을 알 수 있습니다.

앞서 '처음'을 뜻하는 '초(初)' 자 하면 《시경》 '탕'의 "미불유초 (靡不有初) 선극유종(鮮克有終)"을 떠올릴 수 있는 것처럼, '끝마침'을 뜻하는 '종(終)' 자 하면 떠올릴 수 있는 고사성어는 《정관정요(貞觀政要)》에 나오는 '유종지미(有終之美)'입니다.

'유종지미(有終之美)'란 글자 뜻 그대로 '시작할 때처럼 끝을 잘 마무리하는 일의 아름다움'을 말합니다. 《정관정요》에는 간관 위징이 당태종에게 '유종지미'와 관련하여 간언을 한 고사가 자세하게 실려 있습니다. 여기에서 위징은 대개 제왕들은 즉위 초기에는 정치를 잘하다가도 태평성세를 이루고 난 다음에는 마음이 해이해져 스스로 몰락을 자초하는 경우가 많았다면서, 제왕이 유종의 미를 거두기 위해서는 무엇을 하고 무엇을 해서는 안 되는지를 조목조목 따지고 밝혔습니다.

"존귀한 제왕의 자리에 있게 되면 온 세상의 부를 가지고 있고, 자신의 말에 거역하는 사람이 없고, 하고자 하는 모든 일에 사람들이 반드시 순종하고, 공정한 도리보다 사사로운 감정에 의해 움직이고, 욕망이 예절을 파괴하기 때문에 처음에 잘해도 끝까지 잘하기가 어려운 것입니다."

다시 말해 세상의 부를 다 누리려고 하고, 자신의 말을 다 관철시키려 하고, 자신이 하고자 하는 일을 다 이루려 하고, 자신의 감정을 다 드러내려 하고, 자신의 욕망을 다 성취하려고 하면 비록 그 시작이 훌륭하다고 해도 반드시 끝은 좋지 않게 된다는 뜻입니다. 그러면서 위징은 당태종에게 '유종의 미를 거두기 힘든 10가지 원인'을 다음과 같이 하나하나 열거했습니다.

첫 번째, 처음에는 검소하고 근면한 생활을 하다가 나중에는 호화스럽고 사치스러운 생활을 하기 때문입니다.

두 번째, 처음에는 백성들을 자식처럼 아끼다가 나중에는 자신의 사치와 방탕을 위해 백성의 노역과 고통을 가볍게 여기기 때문입니다.

세 번째, 처음에는 백성의 이로움을 앞서 살피다가 나중에는 자신의 욕망과 욕심을 먼저 챙기기 때문입니다.

네 번째, 처음에는 선하고 현명한 사람을 가까이하고 소인을 멀리했으나 나중에는 자신의 말을 잘 듣는 사람을 가까이 하기 때문입니다.

다섯 번째, 처음에는 순박하고 소박한 생활을 즐겨 황금이나 보물을 돌아보지 않다가 나중에는 진기하고 구하기 힘든 물건을 찾아 호화롭고 사치스러운 생활을 누리기 때문입니다.

여섯 번째, 처음에는 어진 인재를 구하는 일을 마치 목마른 사람이 물을 찾는 것처럼 하다가 나중에는 자신의 마음에 맞는 사람만 찾기 때문입니다.

일곱 번째, 처음에는 청정(淸淨)을 으뜸으로 삼고 기호나 취미에 대한 사사로운 욕심이 없다가 나중에는 사냥을 즐기고 또한 사냥에 쓰는 매나 사냥개를 공물로 바치라고 강요하는 일도 서슴지 않기 때문입니다.

여덟 번째, 처음에는 공경하는 마음으로 신하들을 대했으나 나중에는 신하들을 거칠게 대하고 소홀하게 여기기 때문입니다.

아홉 번째, 처음에는 부지런히 노력하여 게으르지 않고, 자신의 생각보다는 다른 사람의 의견에 따르고, 언제나 겸손한 태도를 보였으나 나중에는 자신의 현명함을 자부한 나머지 지나치게 뽐내면서 거리낌 없이 마음 내키는 대로 행동하여 날마다 오만한 마음이 크게 자라기 때문입니다.

열 번째, 처음에는 나라에 극심한 가뭄이 들어 수많은 백성들이 굶주림에 고통을 겪으면서도 제왕이 진실로 백성을 가련하게 여기는 마음을 품고 있다는 사실을 알고서 한 집도 도망가지 않고 한 사람도 원망하지 않았으나, 나중에는 거듭되는 나라의 부역에 백성들이 지칠 대로 지쳐서 제왕을 원망하고 비난하는 마음을 품고 언제 소동을 일으킬지 알 수 없는 형국에 이르렀기 때문입니다.

위징의 말을 통해 자신을 견주어 곰곰이 생각해보면 어찌 제왕의 경우만 그렇다고 하겠습니까? 보통 사람의 경우도 이와 별반 다르지 않을 것입니다. 우리 주변을 둘러보아도 처음에는 공손하고 겸손하고 성실한 사람도 어느 정도 성공을 이루고 나면 교만함과 오만함 그리고 자만심에 빠져서 호화롭고 사치스러운 생활을 하다가 결국에는 화를 입고 신세를 망친 경우를 적지 않게 발견할 수 있습니다.

그렇다면 유종의 미, 즉 처음에 잘했던 것처럼 끝까지 잘하려면 어떻게 해야 할까요? 앞서 '겸손할 겸(謙)' 자에서 살펴봤던 주공의 말에 담긴 뜻을 되돌아본다면, 끝까지 겸손하고 겸허한 마음을 잃지 않고, 교만함과 오만함에 빠지지 않도록 경계하는 마음가짐이 무엇보다 중요하다고 하겠습니다. 만약 겸손함과 겸허함을 잃지 않는다면, 반드시 '유종의 미'를 거둘 수 있다는 말입니다.

다른 사람의 능력과 지혜를
내게 유익한 것으로 만들려면

$$猜 : 犬 + 靑$$

시기할 시   개 견   푸를 청

'개 견(犬)'과 '푸를 청(靑)'을 합쳐서 만든 한자가 시기하다는 뜻의 '시(猜)' 자입니다. '푸를 청(靑)'은 '날 생(生)'과 '붉을 단(丹)'으로 이루어져 있습니다. '붉은 돌(丹)' 틈에서 피어나는 '새싹(生)'은 더욱 맑고 푸르다고 해서 '푸르다'는 뜻이 된 것입니다. '푸를 청(靑)'의 뜻을 이렇게 본다면, '시(猜)' 자는 자신이 갖고 있지 못한 다른 사람의 ─ 붉은 돌 틈에서 피어나는 새싹과 같은 ─ '맑음과 푸르름'을 부러워하며 물어뜯는 '짐승(犬)' 같은 마음을 형상화해서 '시기하다'는 뜻이 되었다고 하겠습니다.

시기하는 마음은 사람이 가지고 있는 최악의 본성 중 하나입니다. 왜냐하면 시기심은 자신을 망칠 뿐만 아니라 다른 사람을 해치기 때문입니다. 사마천의 《사기》를 읽어보면, 자신이 지니고 있지 못한 재주와 지혜를 지닌 사람을 시기한 나머지 몸을 해치고 심지어 목숨까지 빼앗는 사람이 여럿 등장합니다. 그들 중 대표적인 사람이 〈노자ㆍ한비열전(老子韓非列傳)〉에 나오는 이사와 〈손자ㆍ오기열전(孫子鳴起列傳)〉에 나오는 방연입니다.

이사는 한비자와 함께 순자를 스승으로 섬기면서 학문을 배웠습니다. 이사는 순자의 문하에서 공부할 때부터 자신이 한비자에 미치지 못한다고 생각했습니다. 진시황은 한비자의 글을 읽고 빠져든 나머지 그를 만나고 싶어 했습니다. 당시 이사는 진시황의 최측근 신하 중의 한 사람이었습니다.

그런데 한비자가 진나라로 와서 진시황과 만나 그 마음을 빼앗자 이사는 불안해지기 시작했습니다. 자신보다 재주와 지혜가 뛰어난 한비자가 진시황에 의해 중용되면 자신의 정치적 입지가 크게 위협을 받을 것이라고 생각했기 때문입니다. 결국 이사는 한비자를 모함했고, 이로 인해 진시황은 한비자의 목숨을 빼앗았습니다. 이사는 단지 시기심 때문에 동문수학한 벗을 죽음으로 내몬 패륜적인 행위를 거리낌 없이 저질렀던 것입니다.

방연 역시 귀곡자의 문하에서 손빈과 함께 병법을 배웠습니다.

방연은 항상 스스로 생각하기를 자신의 재능과 지혜가 손빈을 따를 수 없다고 여겨 괴로워했습니다. 방연은 위(魏)나라 혜왕 밑에서 장군 노릇을 하고 있을 때, 손빈을 해칠 목적으로 몰래 사람을 보내 유인했습니다. 손빈이 도착하자 방연은 그의 두 다리를 자르고 얼굴에 글자를 새기고, 그것으로도 모자라 세상 사람들에게 알려지지 않도록 숨기는 만행을 저질렀습니다. 손빈이 자신보다 뛰어난 것을 두려워하고 시기했기 때문입니다.

그리고 그렇게 짐승 같은 짓을 하고도 방연은 죽을 때까지 조금도 뉘우치지 않았습니다. 훗날 방연의 마수를 벗어나 제나라로 탈출한 손빈과 겨룬 일전(一戰)에서 대패한 방연은 "어린아이 같은 놈(손빈)의 이름을 천하에 떨치게 만들어주고 말았구나!"하며 원통해하다가 스스로 목을 찔러 죽었습니다. 이렇듯 시기심에 눈이 어두워지면 다른 사람을 상하게 하고 나아가 자신의 삶까지 망치면서도 끝내 잘못을 깨닫지 못하게 됩니다.

물론 세상에는 이사와 방연과 같은 사람만 존재하지는 않습니다. 그 반대의 경우도 얼마든지 찾아볼 수 있습니다. 사마천의 《사기》에도 그러한 사람이 다수 등장합니다. 그중 대표적인 인물이 〈진본기(秦本紀)〉에 나오는 백리해와 〈제태공세가(齊太公世家)〉에 나오는 포숙입니다.

백리해는 진(晉)나라에 의해 멸망한 우(虞)나라의 대부였습니다. 평소 백리해의 재능과 지혜를 탐냈던 진(秦)나라 목공은 초나라로 도망친 백리해를 어렵게 데려와 나랏일을 다스리는 중책을 맡기려고 하자 백리해는 사양하면서 자신의 친구를 추천했습니다. "저의 재주는 제 친구 건숙에 미치지 못합니다. 건숙은 현명한데 세상 사람들이 그를 알아보지 못합니다. 저는 그의 말을 들어서 두 번 재앙에서 벗어났고, 또한 그의 말을 듣지 않고 우나라 임금을 섬기는 바람에 포로가 되는 신세가 되었습니다. 이러한 까닭에 저는 건숙이 얼마나 현명한지 잘 알고 있습니다."

　백리해의 말을 들은 목공은 건숙을 맞이했습니다. 그런데 백리해는 대부(大夫)의 직위였는데 건숙은 상대부(上大夫)로 삼았습니다. 백리해는 자신보다 뛰어난 건숙의 재능과 지혜를 시기하기는커녕 오히려 목공에게 추천해 자신보다 더 높은 직위에 오르도록 한 것입니다.

　제나라 환공을 보좌해 패자로 만든 관중의 명성은 친구 포숙이 없었다면 불가능했습니다. 환공이 임금의 자리에 오르기 전 관중은 환공의 적(敵)이었습니다. 심지어 관중은 환공을 활로 쏴 죽이려고 했습니다. 이 때문에 환공은 임금이 되자마자 관중을 죽이려고 했습니다. 그런데 환공이 임금이 되는 데 일등공신 역할을 한 포숙이 나서 이렇게 말했습니다. "주군께서 제나라를 다스리고자한다면 저 포숙이면 충분합니다. 그러나 주군께서 천하 제후들의 우두머리인 패자(覇者)가 되려고 하신다면 관중이 아니면 불가능합니다."

환공은 결국 포숙의 말을 받아들여 관중을 후하게 예우해 대부로 삼은 다음 정치를 맡겼습니다. 관중을 환공에게 추천한 포숙은 관중의 아랫자리에 있으면서 그를 도왔습니다. 관중을 얻는 제나라는 7년 후 제후국 가운데 가장 강한 나라가 되었고, 환공은 마침내 역사상 최초의 패자(覇者)가 되었습니다.

관중과 포숙은 고사성어 '관포지교'의 주인공입니다. 포숙은 관중의 재주와 능력이 항상 자신보다 뛰어난 것을 자랑스러워했고, 형편의 변화나 이해관계의 경중(輕重)에 상관없이 관중을 똑같은 마음으로 대했습니다. 그래서 관중은 포숙을 가리켜 "나를 낳아준 분은 부모님이지만, 나를 알아준 사람은 포숙이다"라고 말했습니다.

그렇다면 세상 사람들은 관중과 포숙 중 어떤 사람을 더 높게 평가했을까요? 그들은 관중의 뛰어난 재능과 탁월한 지혜를 칭송하기보다는 사람을 알아보는 포숙의 안목과 시기하지 않는 마음을 더 찬미했다고 합니다.

재주와 능력이 없다고 해도 다른 사람의 재주와 능력을 시기하거나 질투하지 않는 마음을 가진 사람은 다른 사람의 재능과 지혜를 자신의 것처럼 받아들이기 때문에 언제 어느 곳에 있더라도 유익함을 제공합니다. 반면 아무리 뛰어난 재주와 능력을 갖고 있는 사람이라고 해도 다른 사람의 재능과 지혜를 시기하고 질투해 미워하는 사람은 반드시 그 재능과 지혜를 가리려고 하거나 심지어 해치려고 하기 때문에 해로울 수밖에 없습니다.

그러므로 재주와 능력이 없어도 다른 사람의 재능과 지혜를 자신의 것처럼 좋아하는 사람은 가까이하고, 재주와 능력이 있어도 다른 사람의 재능과 지혜를 시기하고 질투하며 미워하는 사람은 멀리해야 할 것입니다.

현명함이란
말의 어려움을 잘 아는 것이다

難 : 董 + 隹
어려울 난　진흙 근　새 추

'어려울 난(難)' 자는 '진흙 근(董)'과 '새 추(隹)'로 이루어진 한자입니다. 진흙 속에 빠진 새가 빠져나오려고 허우적거리지만 빠져나오기 어렵다고 해서 '어렵다'는 뜻이 되었습니다.

사람이 살아가면서 만나는 수많은 어려움 가운데 가장 자주 또는 가장 쉽게 맞이하는 어려움은 '말로 인한 어려움'이라고 할 수 있습니다. 왜냐하면 말이란 사람이 살아 있는 동안 항상 함께하는 존재이기 때문입니다. 심지어 혼자 있을 때조차 '혼잣말'을 하니까, 말은 마치 그림자처럼 사람을 따라다닌다고 할 수 있습니다. 이 때문에 옛 속담에서는 "혀 아래에 도끼가 있어 사람이 자신을 해치는 데 사용한다"고 하면서 말이 불러오는 재앙을 경계했습니다.

'말의 어려움'을 자세하게 살핀 사람으로는 춘추전국시대의 사상가 한비자만 한 사람이 없습니다. 한비자는 아예 자신의 저서 《한비자》중 한 편으로 '세난(說難 : 말의 어려움)'을 구성할 정도였습니다. 먼저 한비자는 말로 다른 사람을 설득하기 어려운 까닭에 대해 이렇게 말했습니다. "다른 사람을 설득하는 일이 어렵다는 것은 자신의 지식을 가지고 설명하여 상대를 설득하기가 어렵다는 말이 아니다. 또한 말과 논리로 자신의 뜻을 충분하게 밝히기가 어렵다는 말도 아니다. 또한 대담하게 말과 논리를 펼쳐 자신의 능력을 맘껏 발휘하기가 어렵다는 말은 더더욱 아니다."

말로 다른 사람을 설득하기 어려운 까닭은 다른 곳에 있지 않습니다. 상대방의 속마음이 무엇인지 알기 어렵기 때문에 어려운 것입니다. "다른 사람을 설득하는 일이 어렵다는 말은 설득하고자 하는 상대방의 본마음을 알아, 자기의 의견을 그 마음에 얼마나 맞출 수 있느냐에 있다."

예를 들면 이러한 경우가 그렇습니다. 자신이 말로 설득하려고 하는 상대방이 고결한 말로 명예와 명성을 떨치는 일을 좋아합니다. 그런데 그에게 많은 이익을 추구하는 방법에 대해 말한다면, 뜻이 낮은 사람이라고 여겨서 비천하게 대우하고 멀리할 것입니다. 또한 상대방은 많은 이익을 좇아 얻고자 하는 마음을 품고 있는데, 정반대로 그에게 명예나 명성과 관련한 고결한 말만 꺼낸다면 세상 물정에 어둡거나 소홀하다고 생각하고 가까이하지 않을 것입니다. 그런데 이보다 더 복잡한 경우도 있습니다.

설득하려는 상대방이 속마음은 많은 이익을 얻고자 하면서도 겉으로는 명예와 의리를 내세워 고결한 척하는 경우가 그렇습니다. 이러한 사람에게 명예에 대한 말만 늘어놓으면 겉으로는 그 의견을 듣는 척하지만 실제로는 멀리할 것입니다. 그와는 반대로 많은 이익을 얻을 수 있는 방법을 말하면, 그 상대방은 이쪽의 의견을 받아들이면서도 겉으로는 자신의 속마음을 들키지 않으려고 합니다. 이 때문에 결국 설득하는 사람을 멀리하게 됩니다. 이처럼 말로 다른 사람을 설득하는 것은 어렵고도 어려운 일입니다.

그렇다면 말로 상대방을 설득할 수 있는 요령과 방법은 무엇일까요? 한비자는 이렇게 말합니다. "설득하는 사람의 큰 뜻이 상대방의 비위를 거스르지 않도록 하고, 설득하는 사람의 말씨가 상대방의 감정을 자극하지 않도록 해야 한다. 그런 후에야 비로소 자기의 주장을 있는 그대로 발휘할 수 있다. 이와 같은 방법이 상대방과 충분히 친근하면서도 의심받지 않고, 자신이 하고 싶은 말을 다하여 의견이 채택되도록 하는 길이다."

그럼 한비자는 말로 인한 재앙을 피할 수 있었을까요? 아닙니다. 한비자는 말년에 진시황을 만났습니다. 그의 글을 읽고 진시황이 만나서 대화하기를 너무나 갈망했기 때문입니다. 하지만 진시황은 한비자를 만나 그의 말을 듣고 매우 좋아했으나 믿고 등용하지는 않았습니다. 한비자가 적국(敵國)인 한나라의 왕족 출신이었기 때문에 자신에게 한 말이 이로운지 해로운지 분별하기 어려웠기 때문입니다.

한비자가 '세난'에서 우려했던 상대방을 말로 설득하기 어려운 상황, 즉 상대방의 속마음을 알아 자신의 의견을 그 마음에 얼마나 맞출 수 있느냐에 봉착하게 된 것입니다. 한비자의 운명은 어떻게 되었을까요? 진시황은 한비자의 마음은 한나라를 위하지 진나라는 위하지 않는다는 신하 이사의 말을 받아들여 결국 한비자를 죽이게 됩니다. 사마천은 한비자의 삶을 가리켜 "말의 어려움과 말로 인한 재앙은 잘 알고 있었지만, 정작 그 자신은 말의 재앙을 벗어나지 못했다"면서 말로 다른 사람을 설득하는 일이 얼마나 어려운 일인지를 새삼 일깨워주고 있습니다.

현명한 사람은 '말의 어려움'을 잘 아는 사람입니다. 그래서 말을 적게 하고, 가려서 하고, 신중하게 하고, 함부로 하지 않습니다. 말로 인한 재앙보다 더 큰 재앙은 없다는 사실을 잘 알기 때문입니다.

인간도리·인간됨을 묻다

초판 1쇄 인쇄 2018년 8월 25일
초판 1쇄 발행 2018년 9월 10일

지은이 한정주 **펴낸이** 김종길 **펴낸 곳** 글담출판사 **브랜드** 아날로그

기획편집 박성연·이은지·이경숙·김진희·김보라·김은하·안아람
마케팅 박용철·김상윤 **디자인** 정현주·박경은·손지원 **홍보** 윤수연 **관리** 박은영

출판등록 1998년 12월 30일 제2013-000314호
주소 (04029) 서울시 마포구 월드컵로 8길 41
전화 (02) 998-7030 **팩스** (02) 998-7924
페이스북 www.facebook.com/geuldam4u **인스타그램** geuldam
블로그 http://blog.naver.com/geuldam4u

ISBN 979-11-87147-29-9 (03810)
* 책값은 뒤표지에 있습니다.
* 잘못된 책은 구입하신 곳에서 바꾸어 드립니다.

* 이 도서의 국립중앙도서관 출판시도서목록(CIP)은 e-CIP 홈페이지(http://www.nl.go.kr/ecip)
  와 국가자료공동목록시스템(http://www.nl.go.kr/kolisnet)에서 이용하실 수 있습니다.
  (CIP 제어번호 : 2018025118)

만든 사람들 ─────────
책임편집 김보라 **표지 디자인** 정현주 **본문 디자인** 손지원 **교정·교열** 윤혜숙

글담출판에서는 참신한 발상, 따뜻한 시선을 가진 원고를 기다리고 있습니다.
원고는 글담출판 블로그와 이메일을 이용해 보내주세요. 여러분의 소중한 경험과 지식을 나누세요.
블로그 http://blog.naver.com/geuldam4u 이메일 geuldam4u@naver.com